他人《ひと》を寄せつけない無愛想な女子に説教したら、めちゃくちゃ懐かれた2

向原三吉

JN092085

角川スニーカー文庫

22850

本文イラスト：いちかわはる
デザイン：伸童舎

少し濡れた前髪を横にずらした江南さんは、
足をわずかに開く。
「……どうしたの？」

江南梨沙
Risa Enami
遅刻の常習犯であり、
他人を寄せつけない
雰囲気をまとう問
題児。
大楠直哉
Naoya Okusu
成績優秀でクラス委員を
務める。
家事もそつなくこなす
完璧人間だが、
他人には言えない秘密が
あり――。

「江南さん！」
俺の声に、江南さんが立ち止まった。
ゆっくりと俺のほうを向く。

西川楓
Kaede Nishikawa

ギャルでありながら、
陰キャとも交流する
コミュ力モンスター。

花咲詩織
Shiori Hanasaki

大楠と仲が良く、
成績を競い合っている。
クラス委員を務める。

characters

他人《ひと》を寄せつけない
無愛想な女子に説教したら、
めちゃくちゃ懐かれた2

目次

プロローグ

かつて不良だったとき、一人の友人がいた。

今ではもう会うことはほとんどないけれど、当時は毎日のように会っていた。

そいつは、髪が赤く、足が長い、とても目立つ男だった。顔の彫りが深く、ケンカが強く、多くの人間から恐れられていた。

もともと俺との接点など微塵《みじん》もなさそうなタイプだ。だからこそ、今振り返ってみるとどうして関わり合っていたのか不思議に思うことがある。

話が合うとか、愚痴が言い合えるとか、わかりやすい仲だったわけじゃない。一緒にいてもお互いに無言なこともあったし、価値観が合っているとも言いがたいところがあった。

実際、俺が不良でなくなってから会うこともなかったし、これからもないと考えている。

それでも、あのとき、一緒にいたときは、妙な安心感があったのも事実だ。

友人関係というのは不思議なもので、理屈で説明することができない。

いつのまにか自分のなかでそう整理されていて、感覚的にそれが当たり前になる。相手が俺に対して思うのと同じように、俺も相手に対して一定の信頼を置いて、ときには自分のことを話したりもした。

　こんなことを言ったことがある。

「学校なんかやめてえな」

　当時の俺は、勉強することに価値を見出《みいだ》せなかった。いつ退学してもいいと思っていたし、そうしたことで将来どうなったとしてもかまわないと考えていた。

　すると、そいつは俺の隣で、は、と鼻で笑って俺のほうを見もせずにこう返した。

「あっそ。ま、くだらねえのは事実だな」

　明確な共感を示してくれたわけではなく、部分的に肯定されただけだった。でも、俺にとってはそれでも十分な言葉だった。

「でも、おまえは頭いいんだろ？　多少はやっといたほうがいいんじゃねえの？　どうせくだらねえことなら、そんなんで損するのもアレだろ」

「わかってねえなぁ。成績が良かったのも無駄に真面目にやってたからだし。そんなものになんの価値もねえよ」

「へぇ」

　どうでもよさそうにそう吐き捨てられる。あまり真剣に受け取られないことが心地よかった。自分でも自分の気持ちなど理解しきれていなかったし、口から勝手にこぼれ出る言葉に大した意味なんてなかった。

たぶん、そいつにも、それがわかっていたのだろう。

夜中。頭上を見上げても星など見えなかった。ときおり聞こえてくるのは、俺たちと似たような人種の笑い声と、遠くを走る自動車のエンジン音くらいだ。

俺の隣で、小さな橋の欄干にもたれていたそいつは、二歩ほど前に進んで小さくつぶやいた。

「こういうときに吸いたくなるんだよな……」

口の前で人差し指と中指でなにかをはさむようなポーズをとった。俺は呆《あき》れる。

「マジでもう吸ってんの？　年齢考えろよ」

「冗談、冗談だ」

それ自体が冗談なのかわからないような口調だった。でも、当時の俺にとっては規律とか倫理とかどうでもよく、自分のしたいことをするということに重きを置いていたから、そういう言いっぷりすらも好ましく思っていた。

そいつはつづける。

「まぁでも、やってらんねえよな。ほんと」

俺はその言葉に大きくうなずいた。

……自分の人生と他人の人生は異なる。似たような考えを持っているように思えたとしても、そこには別々の文脈による結実がある。他人と関わって、自分の生き方と交差させせたとしても、どこかで必ずまたずれることになる。

でも、人に話して、人から話を聞いて、得られるものは確かにあるよなと感じていた。

そいつが俺に声をかける。

「……行くか」

ああ、と返事をした俺は、だるそうに上半身を持ち上げる。

昔のバカだったころ。

今となっては後悔ばかりしか残らない時期のこと。

嫌な記憶に苦しめられるとしても、ふとしたときにこんなことを思い出してしまうのは、いったいなぜなんだろうか。

第一章　違和感

1

　階段でリビングまで降りた俺は、真ん中あたりに置かれたブラウン管みたいな大きさのヒーターのスイッチを押す。ピッという電子音が鳴り、10秒くらいの間を置いて、暖かい風が吐き出される。数秒程度その風に当たってから、腕を抱えるようにしてキッチンのなかに足を踏み入れた。

「はぁ……さむ」

　窓の外を見る限り、まだ日が昇ったばかり。リビングの窓からは、レースカーテン越しに薄く日差しが差し込んでいる。鳥のさえずりや外を走るバイクの音が聞こえてくるが、昼間と比べて静かなのは間違いない。

　冷蔵庫を開けて、昨日の晩ご飯の残りを取り出していく。

「とりあえず、これでいいか。あとは卵焼きでも作れば……」

　俺は、頭のなかで朝ご飯や弁当のメニューに思いめぐらせる。残り時間はあと30分程度。

さっさと作って、二人を起こさないといけない。

ヒーターが動き出したばかりで、室温がまだだいぶ低い。フリースをパジャマの上に重ねているけれど、足元や首から体温を吸い取られていく。

炊飯器のタイマーは正常に作動しているようだ。ふたを開けると白い湯気が立った。いい匂い。存分にその匂いを堪能してから、顔を2、3回叩《たた》いた。

「よし」

今日も頑張らなければ。温かいほうの水栓をひねって、両手を洗い始めた。


「あーあ、もう朝か」

ゆったりと階段を降りてきたのは紗香《さやか》だ。すでに、食卓には朝ご飯をそろえておいた。

「まだ、10分くらい寝られた……」

「いやいや、いつもこれくらいに起きてるだろ」

「そーだっけ？」

まだ、頭がまともに働いていないようだ。一応すでに制服には着替えてあるようだけど、髪の毛には寝ぐせがだいぶ残っている。

紗香は、キッチンのほうに向いていたヒーターをわざわざ食卓の前に運んでから腰を下ろした。というか、紗香の椅子のほうにしか当たっていない。

「おい、俺が寒いからもう少し俺にも近づけろ」

「無理、寒いし」

「お互い様だっての」

一応、30分くらい前に稼働させたから室温はさっきよりも上がっている。

紗香は食卓の上に置かれていたリモコンで、ちょっと離れた位置にあるテレビをつけた。そこそこ大きいサイズなのでここからでも見られる。

「あーもう12月か……」

ちょうど今日の占いをやっている最中だったようだ。画面の上部に12月1日とはっきり書かれていた。

「冬休み、クリスマス、お正月……」

「そのまえに期末テストだけどな」

そう言うと、紗香が露骨に嫌そうな顔をした。

「げ。あんまりそういうこと言わないでよ。テンション下がるし」

「勉強してるんだろうな？　前回は赤点があったみたいだけど」

熱いお茶を紗香の湯飲みに注いで、ニコニコとそう問いかける。紗香は「さあね」と目をそらした。

「追試や補習になるくらいなら勉強しておいたほうがいいだろ」

「わかってる。わざとじゃないんだっての」

「わからないことがあったら、俺に言えよ。ちゃんと教えてやるから」

「いらない、めんどい」

紗香の視線はテレビに釘付けだ。俺もテレビに意識を向けた。

占いのあと、天気予報に移る。どうやら、今日の天気は一日中晴れらしい。

洗濯物は干しっぱなしでよさそうだ。外の庭には、昨日の夜から干してある洗濯物が風に揺られている。日中は家に誰もいないので、雨が降った場合に取りこんでくれる人がいない。だから、毎日天気予報をチェックしなければならない。一度、天気予報のチェックを忘れてひどい目にあった。

期末テストが近いので、あんまり家事で煩わされたくない。

このあとは自分たちの食器を片づけて、親父《おやじ》の分をわけてから学校に行かないといけない。親父は、フレックスタイムの勤務形態なので、あまり朝早く起きる必要がない。いつもコアタイムぎりぎりの時間に出社している。

紗香も俺も、テレビをぼーっと眺めたり、ときおりどうでもいいことを話しながら箸を進めていった。10分くらいで家を出なければならない時間になった。

「先行く」

自分の分を最低限片付け、歯を磨いてから紗香がそう言った。弁当を忘れそうになっていたので渡してやり、寝癖を直させてから、登校を見送った。紗香がいなくなってから、急いで片づけを始める。全部の片づけを終えてから、親父の分にラップをかけてやる。一息ついたところで、隣の部屋でだらしなく寝ている親父の姿を眺めた。

「……いびきがうるさいな」

こちらも物音を立てているのに、よく、ここまでぐっすりと寝られるものだ。

俺は、出かける前に大事な作業に移った。

仏壇に置かれた仏飯器を取り、キッチンの炊飯器の前に置く。少量の米をしゃもじですくい、仏飯器に盛りつけた。慎重に仏壇まで運んで置いたあと、俺は仏壇の前でしゃがみこんで、お鈴を鳴らした。

目を閉じる。

特に祈る言葉はない。ただ、日常的な流れとして、欠かさずに行っている行為。

金属音が遠ざかるのを感じながら、俺はゆっくりと目を開いた。

気持ちが少し落ちつく。俺は学生鞄《かばん》を肩にかけながら、つぶやいた。

「行ってきます」

＊　＊　＊

朝のSHRのあと、後ろの席で斎藤《さいとう》が独り言を漏らした。

「金が欲しい……」

「なんだ急に？」

振りかえる。そこには、机に突っ伏して足をバタバタさせる斎藤の姿があった。

「金が足りないんだ」

「そう」

「バイトでもしない限り、俺たちの持ち金は小遣いやお年玉の残りだけ。だが、それは、よほどの金持ちじゃない限り、大した額じゃない」

「当たり前すぎてあくびが出る」

俺だって、親父からもらう小遣いがなければ金を持つことができない。長期休みに一回短期バイトをしたことがあるけれど、稼げてもせいぜい数万円程度でしかない。

「なんでそんなに金が欲しいんだ」

「ゲームとかいろいろ買いたいからに決まってるだろ。来年は勉強も忙しくなりそうだし、今のうちに遊んでおきたい」

「あと1か月もすれば、お年玉もらえるんじゃないの？」

「たった今欲しいものがあるってことよ」

そう言って、斎藤はスマホの画面を見せてきた。そこには某ゲーム会社の人気シリーズの最新作が映っている。定価は一万円近くする。

「発売がもうすぐなんだ」

「で、金がないから、発売されても買えないと」

「そうなんだよなぁ」

「でも、そろそろ期末テストの期間だろ……」

斎藤のことだから、あまり頑張るつもりはないんだろう。

「大丈夫だって。どうせ直前に勉強しても点数なんか取れないしさ」

紗香とはある意味逆の考え方だ。せめて、直前ぐらいは頑張ればいいのに。

「今年、かなり金使ったからほとんど残ってないんだわ。だけど、このゲームは発売後即プレイしたいから、どうにかならないもんかって考えてて」

「一番現実的な方法は、テスト終わってからバイトして金稼ぐことだな」

「そうなんだよなぁ……。そうするしかないのか……。俺バイトしたことないんだよな」

「適当に交通量調査とかすればいいんじゃないか？　高校生でもできそうだし」

「帰ったら探してみるか」

ちなみに俺は交通量調査などしたことがないので、本当に高校生でもできるかどうかは知らない。交差点とかで、折り畳み式の椅子に腰かけながらカウンターをポチポチしている印象があったというだけだ。

「逆にお前は欲しいものとかないの？」

「え？」

急に質問されて、俺は戸惑ってしまう。そういえば、何かを欲しいとか考えたことはあまりなかった。基本的に毎日いろんなことに忙殺されている。

「勉強ばっかりしててもあんまり楽しくないだろ」

「強いて言うなら、時間は欲しいと思うけど、それ以外は特にないな」

「へー」

斎藤に呆れられてしまった。

お金はあったほうがいい。でも、親父が十分に稼いでくれているから、今のところそこで困ったことはない。だからこそ、家事や勉強に集中できるというのもある。

「どうせお前は一番とるんだから、たまには休んでもいいんじゃねえの？　というかあんまり平均点をあげてほしくない」

「それは聞けない相談だな。てかそっちが勉強すればいいんじゃないか」

あーはいはいと流された。

ここ最近、自分のための時間というのをあまり作れていない。勉強もある意味自分のためなのだが、休んだり遊んだりすることはほとんどないのが現状だ。体調管理には人一倍気を使っているし、体は健康そのものだけどたまに疲労感を覚えることがある。

――たまには、息抜き、か。

紗香にも似たようなことを言われた。もう少し楽しなよ、とか、あんまり力を入れすぎても疲れるだけだし損じゃないの、とか。確かにその通りなのだけど、今のところはやるべきことに追われてあくせくしているほうが楽だったりする。

もはや習慣化されているので、頭よりもまず先に手が動いてしまう。そして、やるべきことよりも先に別のことをしようとすると頭がモヤモヤしてくるのだ。

あんまり高校生らしくないんだろうけれど。

「おい」

考え事をしていた俺は、斎藤の声で意識を戻した。斎藤が目配せした先を見ると、江南《えなみ》さんがこっちに向かって歩いてくるところだった。江南さんは、俺が気づいたことに気づいて、ちょっと目を丸くしてから頬《ほお》をわずかに緩めて、「おはよ」と言った。

俺も「おはよう」と返すと、そのまま通り過ぎて一番後ろの席に向かっていく。

……心臓に悪い。

「遅刻しねえなぁ……ほんと」

斎藤が思い出したようにそうつぶやいた。

すでに、あの説教から2か月近くが経過しようとしている。

あれ以来、江南さんは一度も遅刻していない。授業もサボっていない。真面目に勉強をして、先生にも逆らわず、一生徒として埋没している。いや、あの容姿なので、埋没はできていないけれど。

なんにせよ、真面目な態度を崩さずにいる。

「どうやって飼いならしてるんだ、あんなのを」

「飼いならしてないし、人聞きが悪いからやめてくれ……」

「でもおまえの影響なんだろ？」

俺は言葉に詰まる。そのこと自体は否定できなかった。

（あんたのことが知りたい）

江南さんに伝えられたあの言葉。今でも、その言葉通りに事はつづいている……。

2

「大楠《おおくす》君」

昼休み。花咲《はなさき》に呼ばれた俺は、花咲の机の近くまでやって来た。そして花咲は、周囲の人が見ていない隙を狙って、弁当を手渡してくれる。

花咲は、一週間に一度くらいのペースで俺に弁当を作ってくれる。事前に今日渡してくれることを教えてもらったので、自分の分は用意しなかった。

「ありがとう」

「ううん、お礼を言うのはこっち。いつもいろいろアドバイスもらえて助かるもん」

日に日に花咲の料理の腕は向上している。さすがだと思う。料理下手によくある、無駄なオリジナリティを入れず、基礎に忠実にこつこつと努力を積み重ねている。だから、俺がアドバイスするまでもなく勝手に上達していただろう。

——すぐに俺なんて追い抜かされるかもな……。

毎日作っていると、どうしても工夫するより日々こなすことで手いっぱいになる。最近は流れ作業みたいになっていたから、花咲の料理は刺激になった。

「ロールキャベツとだし巻き卵とつくねを入れてみたの。味見した感じだと、そこまで悪い感じじゃなかったんだけど……」

「なるほど。食べてみるよ」

「うん」

あんまり話しつづけていると怪しまれるので、受け取った弁当をそそくさと自分の机まで運ぶ。しかし、さすがに斎藤や進藤《しんどう》をごまかすことはできない。

「あー出た」「またか」

冷やかすようにそう声をかけてくる。二人とも、俺が花咲の料理を味見していることを知っている。初めは曖昧に濁していたけれど、さすがに途中でバレてしまった。

「うるさいな。あんまり気にしないでくれ。味見してるだけだから」

しかし、進藤は右から左に受け流す。

「小学生のときは足が速いやつ、中学生のときは不良がモテる。で、高校は、頭がいいやつがモテるのかもしれないな……」

「そんなに言うなら、おまえらも勉強したらどうだ」

「手遅れだな」

進藤も斎藤に負けず劣らず成績が悪い。正直、うちの高校は進学校なので、入学できている時点である程度の素養はあるはずなのだが、サボりつづけた結果が今だ。

弁当の包みを開き、二段式の弁当を一段ずつ開けていくと、おいしそうな匂いが漂ってくる。花咲に言われたとおりのメニューと白いご飯が詰められていた。花咲の性格がよく表れていて、すべてのおかずが丁寧に小分けされている。

「まったく、うまそうだから余計に腹が立ってくるわ。これで付き合ってないって嘘《うそ》だろ」

「ふつうに考えてありえない」

斎藤や進藤から妬みの声が聞こえてくる。とはいえ、言われている内容はもっともなので強く言い返すこともできない。

まずロールキャベツに箸をつけ、口に運ぶ。見た目だけじゃなくて、味もちゃんとしている。噛《か》んだ瞬間に口の中に汁があふれた。ちょっと固いけど、そんなことを気にするのが野暮《やぼ》なほどおいしい。

心配そうに自分の席からこちらをうかがう花咲に、ジェスチャーでＯＫサインを出す。花咲はほっと胸をなでおろしているようだった。

あとで詳しい感想と俺なりのアドバイスはするけれど、正直、もう俺の助言が必要な段階をすでに超えている気がする。

斎藤が、恨めしそうな顔で俺の顔や弁当を見ている。俺は言った。

「少し食べるか？」

「いや、いいわ。ってかそんなことしてもうれしくないし。一応、空気が読める男なんだ」

進藤も、斎藤に同調してうなずいている。進藤は巨漢なので、俺が作る弁当に対して余りを要求してくることがある。でも、さすがにこういうときには手を出そうとしない。

「お前らって料理はしないの？」

ちょっと気になって訊《き》いてみた。とはいえ、たぶんしないんだろうな。すると、

「しない」「インスタントラーメンなら作れる」

という予想通りの答えが返ってきた。

「料理のことを訊かれて、インスタントラーメンを含めるのは進藤くらいのものだぞ」

「しょせん料理なんて、焼いたり、煮たり、茹《ゆ》でたりすればできるもんだろ。大差ない」

「大差あるだろ……」

とはいえ、インスタントラーメンも工夫次第では立派な料理になりうるかもしれない。

「今の時代、レトルトや冷凍でうまいのあるし、料理なんて好きなやつがやればいいんだよ。値段だって安いの多いし、たぶん将来的にもやらない気がする」

「俺も」

進藤の言うことには一理ある。ちなみに、俺の親父《おやじ》は、そういったもので済ませることが多い。でも、栄養面での調整は手料理のほうがしやすい気がする。

俺は、改めて、花咲が作ってくれた弁当を見る。

もちろん、花咲自身が料理の腕を上げるために行っていることだ。しかし、明らかに食べる俺に対して配慮があり、栄養バランスをある程度整えてくれている。野菜、肉、卵と多種多様な食材を使うようにしてくれている。

――いつかちゃんとお礼をしたほうがいいな。

花咲は、そんな必要ないとよく言うけれど、やっぱりそういうわけにもいかない。

料理の得手不得手以上に、食べる相手を思いやるというのは大事なことだ。それができている時点で、花咲に不満などあるはずがないと俺は心のなかで思うのだった。

＊　＊　＊

「大楠、ちょっと来てくれ」

そんなことを言われたのは、今日の授業のあと、ＨＲが終了したときだった。城山《しろやま》先生が、俺のほうに近づいて手招きしてきたのだ。

「なんですか？」

「ああ、あと西川《にしかわ》！　西川もちょっといいか？」

誰かと話している様子だった西川は、首を傾《かし》げたあとこちらに向かってきた。

二人がそろったところで、先生がつづけた。

「職員室まで来てくれ。話したいことがあるんだ」

俺も西川も首をひねるしかなかった。

職員室に足を踏み入れる。

来るたびに思うけれど、場違い感がすごい。学校の中でも、職員室は独特の雰囲気がある。他クラスに入るときも似たような感覚はあるけれど、職員室のほうが長居しづらい。

城山先生は、出席簿や書類を自席に置いたあと、さらに奥へと移動する。俺も西川も、それにつづいた。

やがて、パーテーションに囲われた小さなスペースまで導かれる。壁際なので、外から見えることもなさそうだ。

職員室内では、話し声があちこちから聞こえてくる。

「座ってくれ」

西川も俺も、パイプ椅子に腰かけた。正面にある机は金属製の4本脚のうえに、木製の天板がのせられていた。天板の隅にはなぜか小さなバスケットが置かれていて、多種多様な飴《あめ》が入っている。

「舐《な》めるか？」

俺たちが返事をするまえに、3個くらいずつ俺たちの前に転がす。要らないというのもアレなので、適当に1個だけとった。西川も同じようにしていた。

「いきなり飴って、関西のおばちゃんですか？」

「おまえが見てたから渡しただけだぞ。要らなかったか？」

「先生の机まで来たことはありますけど、奥まで来たことはなかったから珍しくて」

特に舐める気はないので、鞄《かばん》のなかにでもしまっておく。

「せんせー。用事って？」

西川は、飴を口に入れながらそう尋ねた。

「いや、大したことじゃないんだ。訊きたいことが色々あって……。で、もし可能なら、協力もしてもらいたくてな」

「嫌な予感……」

俺も西川に同調してうなずいた。

正直、この二人が呼び出された時点で、どういう内容なのかある程度察しがついてしまう。

俺にも西川にも共通する点。それは——

「江南のことなんだけど。おまえらの知ってる話を教えてもらいたいんだ」

予想通り。とはいえ、そうだとしたら、言わなくちゃいけないことがある。

「本人に訊いてください」

「そのとおりだ。そのとおりなんだが、そのまえに俺の話を聞いてくれ」

バスケットに手を突っ込んで、今度は先生がそのうちの一つを開封し、口に含んだ。からころと飴玉が転がる音が耳に届いた。

「適材適所という言葉があるだろう。人間一人一人ができることなんて案外少ないんだ。だからこそ、それぞれの役割を持って動いて、一つの目的をなす、というほうがうまくいったりするもんだ」

「意味わかんないですけど……」

「要するに、俺には江南と直接話して情報を聞き出すのは無理だってこと」

ずいぶんと情けない話だった。だからこそ遠回しに言ったのかもしれない。

「そういう目で見るな。俺だって生徒に頼ってばかりで申し訳ないと思ってる。だが、よく考えてもらいたい。あいつとまともにコミュニケーションが取れる人間が、この学校に何人いるんだ」

「まぁ……」

そこについては否定できないところだ。先生も苦労していることはよくわかる。

「あのさ、先生……」西川が、少し不機嫌そうに口を開いた。「わたしは、あまり協力できないかも」

毛先をしきりにいじっていた。足を組み、目はあらぬ方向を向いている。

「まだ、詳しく言ってないが……」

「どうせ梨沙《りさ》ちゃんの将来とかそういう話でしょ。わたしが口出しすることじゃないし」

「うっ……」

図星だったようだ。以前に進路希望調査をしていたし、その延長線上だろうか。

「やっぱり。梨沙ちゃんには梨沙ちゃんの考えがあると思うし。先生的には、こういうふうに導きたいとかあるのかもしれないけど、わたしは協力する気はないかな」

西川が足を組み替えている。

困り果てたように、先生が俺を見た。とはいえ、俺にはどうすることもできない。

言っていることはもっともだ。本人の意思を尊重することは重要だ。どういう話になっているのかは知らないけれど、江南さんだってなにも考えていないわけじゃない。他人からは良くないように思えるものも、本人にとってはすごく大事なことなのかもしれない。

仮に、説得できたとしても責任を取ることができない。

「一応、話は聞きます」

とはいえ、今の段階では情報が少なすぎる。話のつづきを促すことにした。

ほっとした様子の先生が、ため息をついてから話しはじめる。

「俺だって、あんまり口出しするべきじゃないと思ってる。ほんとだぞ。別にあいつの意思を捻《ね》じ曲《ま》げたいとか、そんなことを考えているわけでもない。あくまで、本人の考えを確認したいだけなんだ」

「……ちなみに、江南さんに訊いても、答えてもらえなかったと……」

「そういうことだ。察しがいい。さすが学年1位」

最後のは余計だ。

先生は、頬《ほお》を飴玉で膨らませながら言った。

「前に、進路希望調査の面談をしただろう。大楠のおかげで無事に話を聞くことはできたんだが、基本的に曖昧な答えしか返ってこないんだ。具体的な内容はプライバシーになるから伝えられないけれど、この学校を卒業してどうするつもりかがまるで見えなかった」

「曖昧？」

「はぐらかされると表現したほうがいいのかもしれない。決めていないならいないでそう言えばいいものを、肝心なところをぼかそうとする。面談のあとも、たびたび質問しているが、要領を得ない言葉ばかりが返ってくる」

「……先生、よっぽど信頼されていないんですね」

「いや、その、まぁ……」

気にしていることだったらしく、がっくりとうなだれていた。

職員室の内部から、複写機が連続的に紙を吐き出す音が聞こえてくる。パーテーションの向こうで先生の一人が歩いている気配を感じて、俺たちは黙り込んだ。

足音が遠ざかっていくのを確認してから、先生が口を開いた。

「とにかく、なにもわからないんだ。なぜ、はぐらかす必要があるのか。俺に伝えたくないだけで、大した理由はないのか。正直、今のままだと不安が残る」

「隠さなければならないほどのことを考えているのか、ってことですか」

俺は、江南さんの言葉を思い出していた。

(一度〝壊れてしまった〟あとに、もう一回やりなおしたあんたを知って、あんたみたいになりたいって、強く願った)

(一緒にいれば、わたしの悩んでいることにも答えが見出《みいだ》せるかもしれない)

明らかに、前を向いている人間の発言だと思った。背負うものの一部についても、すでに聞かされている。

江南さんに心配など要らないと俺は考えている。

「そこまで大げさにとらえているわけでもない。最近の江南に大きな問題点は見当たらない。ただ、不安はあるから、少しでも知っていることを教えてもらいたい」

「……」

「ダメか？」

横目で西川の表情を見る。さっきから、西川の態度に大きな変化はない。おそらく、西川はなにを言われても協力する気はないのだろう。

だからこそ、先生ももはや俺のことしか見ていない。

でも、俺にも言えることは限られている。俺は、頭のなかで何を言うべきかを考えてから、「大丈夫だと思います」と一言返した。

正直、江南さんが先生に何も伝えない理由は俺にもわからない。俺ですらも、ちゃんと話を聞いているわけじゃない。

でも、やはり、そんなに心配することではないだろう。

「そうか……。一応訊くが、西川、おまえは？」

「ノーコメント」

「……なるほど」

西川には知っていることがあるんだろうか。俺と江南さんが話すようになったのはつい

2か月ほど前からだが、西川は1年以上の親交があるはずだ。

俺が知らないことを知っていたとしてもおかしくはない。

「わかった、とりあえず俺から訊きたいことは以上だ。ひとまず、今は俺の話を気に留めておいてもらえると助かる」

おまえらのほうから頼みたいことや相談したいことはあるか、と訊かれたので、俺も西川も首を横に振った。

用が済んだ俺たちは、職員室を出て廊下に立った。

「まったくさぁ」

もうすでに飴は舐め終わったらしく、口の中から飴玉の音は聞こえなかった。

「ん？」

職員室でも感じたような不穏な空気が、まだ残っていた。でも、すぐに西川はいつものように明るい笑みを浮かべていた。

「先生も心配性だよねー。急に呼び出されたからびっくりした〜」

「そうだな」

「梨沙ちゃんには梨沙ちゃんの考えがあるんだし、ほっておけばいいのにね〜」

「西川はなんか知ってるの？」

すると、西川はきょとんとしたような顔をした。それから苦笑する。

「知らないって。でも、わたしたちが詮索することじゃないでしょ」

「まぁ……」

立ち止まっている俺を置いて、西川は先に歩き始めている。

西川の言い回しに引っかかるところはあったものの、俺も西川と同意見だ。先生が気にしすぎなだけで、あんまり気に留めるようなことでもないと感じていた。

「期末テストもあるし、あんまり時間使わせないでほしいよな」

「そうそう〜。わたしの場合、今日このあと用事あるし」

教室に戻ると、なかには誰もいなかった。江南さんも、俺や西川を待たずに一人で帰ったらしい。

「じゃ、なおっち。またね」

西川が、元気よく教室を飛び出していく。

静まり返った教室。すでに掃除のあとらしく、教室の机は定位置に戻っていた。

ふわふわ揺れるカーテンに邪魔されながら机のなかを整理して、俺は教室を後にした。

3

「兄貴って、もしかして彼女できた？」

そんなことを言われたのは、夕飯時に鍋をつついているときだった。食卓の上には、薄茶色の土鍋が置かれていて、白い湯気が立っている。

「なんでそんなことを訊くんだ」

「噂《うわさ》になってるの。兄貴のほうじゃなくて、相手のほうが、だけど」

どうやら詳しく話を聞くと、俺と江南さんが付き合ってると思われているようだ。他学年にも名を馳《は》せている江南さんのすごさを思い知らされる。

「マジな話、付き合ってない。毎日忙しいから、そんな時間はないし」

「うわ……」

「うわってなんだよ」

「真面目すぎる」

とはいえ、今の言い方で信じてもらえたようだ。やっぱりねーと一人で納得している。

「江南さんって人、あたしも見たことあるけどすごい美人だもん。兄貴が釣り合う相手じゃないし、そもそも性格が合わなそう」

それ自体は何も間違っていないので、反論できなかった。

すでに白菜、にんじん、鶏肉《とりにく》、ごぼう、きりたんぽなどが鍋の中で煮えている。紗香は口をほふほふさせながら箸を進めていた。冷え込んだ体に温かい食べ物が染みる。

そんなことを話している間に親父《おやじ》が帰ってきた。コートをソファのうえに脱ぎ捨てて、湯気の立つ鍋のなかをのぞきこみはじめた。

「おお、さすが直哉《なおや》は気が利くなぁ。温かくて……ちゃんと辛くないやつ」

俺は、しっしと手で追い払うようなしぐさをした。

「親父、ちゃんと手を洗って、うがいしてからにしてくれよ」

「わかってる、子供じゃないんだから」

子供みたいなもんだから、わざわざ口に出している。

親父がリビングから出ている間に、親父の分の小皿を出し、おたまで鍋の中の具をよそってやる。わざわざここまでしなくてもいいかもしれないが、一応理由がある。

俺の言いつけを守った親父が食卓に着いたときに、紗香が言った。

「ねえ、わかってるでしょ」

「なにが？」

すっとぼけた顔。紗香の眉間にしわが寄った。

「野菜。いつも肉ばっかりとろうとするじゃん」

「そ、そんなことないけど。大の大人がそんな恥ずかしい真似《まね》するわけないだろ」

親父は、おたまで鍋のなかをよそおうとして、すぐに自分の手元に小皿が用意されていることに気がつく。それから、ちょっと残念そうな表情になった。

「な、直哉、これはおまえが？」

「そうだけど」

「いくらなんでも野菜多すぎないですか？　そんなことしなくてもちゃんと食べる」

「嘘《うそ》をつくな。それに、そこまで多くないし」

「うぅ……野菜……」

箸で白菜をつまんで嫌そうな表情を浮かべている。それから、目をつぶって口に運ぶ。

「だいたい、こないだの健康診断の結果、あんまりよくなかったでしょ。野菜食べないし、不摂生だし、そういうの積み重ねじゃないの」

「直哉……紗香が正論でいじめてくる……」

「正論なんだから受け入れてくれよ。というか、紗香、おまえも人のこと言えないだろ」

普段、間食しまくってるはずだ。そのたびに注意している。

「あたしはいーの。若いから」

仕方ないので、紗香の小皿にも野菜を追加してやった。紗香は「ちょっと！」と怒っていたが、親父に文句を言った手前、二の句が継げないようだった。

「ふっ。ざまあないな。いいぞ、直哉」

「あんまり余計なことぬかすと、親父の分も増やすぞ」

「喜んで食べます！」

まったく、世話が焼ける。子供同士の言い争いだ。

それからしばらくは会話もなく淡々と箸を進めていた。もう少しで鍋の中が空になるというところで、紗香が思い出したように先ほどの江南さんの話を蒸し返した。

すぐに親父が反応した。

「なんだと！　彼女ができた⁉」

「ちげえよ。話をよく聞いてくれ」

さきほど紗香に話したことを再度伝えた。

親父はあごを何度かさすり、にやにやしながら「へー」と口にした。

「信じてないだろ」

「いや、直哉のことを信じないなんてあるわけないだろ。なんにせよ、やるなぁ、直哉」

「人の話聞いてる？」

「聞いてる聞いてる。そうか、直哉も成長したものだな」

ダメだこれ。これ以上の反論は無意味だと感じたので口をつぐむ。

よほど嬉《うれ》しかったのか、親父が「今度家に連れてこい」だの「節度を守るように」だの意味不明なことを口走りはじめたので、全部無視しておいた。

「でも、そういうんでもないのに、仲良くはなったんだ？」

紗香が箸をくわえながら、そう訊《き》いてきた。

「変なの」

……変、か。それは自分でも、思う。

江南さんと俺の間に、本来、接点などなかったはずだ。お互い関わろうともしなかったし、話すらろくにしてこなかった。説教したことがきっかけ、なんて誰も信じてくれないだろう。

俺にとって、江南さんは友達なんだと思う。でも、通常の友人関係とも微妙に異なる。一緒にいたいからいる、なんてものよりももっと淡い関係。義務というほど淡白ではないし、関係性に多少の気安さがあるものの、明確な結びつきのようなものはあまり感じられない。

だから、このちょっと変わった関係を、自分の感じているこのイメージを、相手にそのまま伝わるように説明することができない。たとえ、こうなった顛末《てんまつ》を一から教えても、あるいはそれらをすべて目撃させていたとしても、理解されない気がする。

そういう意味では、江南さんの存在は「特別」なんだろうな。

ごまかすように、「そういえば期末テストは――」と話を切り替えると、紗香は「うっさい」と不機嫌になって、そこから江南さんについて触れることはなくなった。

＊　＊　＊

「ここなんだけど、どういうふうに考えればいいかわからなくて……」

「……うん」

「で、こういう意味なのかと思って書いてみたんだけど、やっぱりそうならないし」

「……」

「……聞いてる？」

江南さんの不機嫌そうな声に、俺は意識を目の前に戻す。

先生から話を聞いた翌日。休み時間に勉強について質問を受けた。いつものこと。いつも通りの会話。江南さんの席の横に立ちながら、どこか浮ついた気持ちになっている自分を自覚していた。

「聞いてるって」

「ほんとに？」

「ほんとほんと。ちょっとペン貸してくれ」

ささっとペンを走らせてから、質問の内容について答えていく。根本的なところで勘違いしているとわかったので、そこさえ理解してもらえればすぐにわかってもらえた。

期末テストに向けて、ちゃんと勉強を進めているようだ。ここ最近の学力を考えると、期末テストでは赤点回避どころか、平均より上になることも十分にありうる。

他に質問はないようで、もう俺の役目は終わったかなというところで、江南さんが黙って俺の顔を凝視した。俺の心の内側をのぞきこんでいるような感じがした。

「な、なに？」

「別になんでもないけど。というか、顔赤くなってない？」

「なってない」

「なってるから言ってるの」

近い距離でこういう状況になれば、さすがに恥ずかしさもある。江南さんは「ふふ」と笑ってから、ようやく凝視するのをやめてくれた。

「あんたってほんとよく勉強してる。とっさに訊いても、すぐ答えられるなんて普通じゃないよね」

「そうでもない。たまたまだ」

実際、俺も万能じゃない。わからないことだっていくらでもある。人よりも、わからない範囲が狭いだけで大差があるわけじゃない。

「でも、そんなに勉強して、どうしたいの？」

不思議そうにそう訊かれた。

「俺は、一応東橋《ひがしはし》大学を目指してるから」

「ああ……」

東橋大学。この国で一番といわれている大学。うちの学校は進学校だけれど、東橋大学に進学するのはそこまで多くない。なぜなら、うちの高校にはエスカレーターでの進学という道が存在するからだ。

　でも、俺が目指しているのはあくまで最高峰。油断して手を緩めることはできない。

「俺は受験を一《いち》か八《ばち》か、みたいなものにしたくないんだ。ほぼ確実に受かる、という学力をつけたうえで、余裕をもって合格したい。もうあと1年と少ししたら本番だし、成績を落とすわけにはいかないんだよ」

「ふぅん」

　訊いてきたくせにあんまり興味がなさそうだった。

「江南さんは？」

　するっと、意趣返しのように俺からそんな質問がこぼれでた。特に意識したわけではなかった。偶然にも先生と同じようなことを訊いていると、口に出してから気づいた。

　一瞬の空白のあと、江南さんはぱちっぱちっと瞬《まばた》きを繰り返す。長いまつげが目の動きに合わせて動いているのがよく見えた。

　それから、頬杖《ほおづえ》をついて、窓の外を眺めながら言った。

「さあね」

　あれ？　と思ったのは、そのときだった。先生に相談されたときにはなにも思うことはなかったのに、急に違和感が脳裏に飛来した。

江南さんは、もともとそんなにべらべらしゃべるタイプではないけど、ごまかされているような感じがどこかにあった。

「大学?」

「さあ」

「就職?」

「さあ」

「じゃあ、なに?」

質問を繰り返しても、まともな答えは返ってこなかった。これ以上突き詰めようとするのはあまり良くない気がしたので、俺はそこで口をつぐんだ。

きっと先生に対してもこんな感じだったのだ。今の問答みたいに、延々と答えにならない答えを返す江南さんの姿が容易に想像できる。

……なるほど、先生が不安になるのもうなずける。

「やっぱり」

江南さんは、したり顔でそうつぶやいた。

「昨日、西川とあんたが呼び出されたのって、そういう理由だったんだ」

「……いや、違うけど」

「今の間は、肯定しているのと一緒」

怒っている様子はない。もしかしたら、さっき俺の顔をのぞきこんでいたのは、このことを探るためだったのかもしれない。

「……ほんとはそんなつもりじゃなかったんだけど」

「別にいい。将来の話を最初に振ったのはわたしだから」

ガラス越しの日差しが少しだけ強くなった。雲の合間にさしかかっているらしい。

揺れる常緑樹の先に、誰もいないぽっかりとしたグラウンドが広がっている。江南さんは、カーディガンの袖を伸ばして、半分埋まった両掌《りょうてのひら》に向かって、はーと息を吹きかけていた。

江南さんの髪がわずかになびく。目がぱちぱちと瞬きを繰り返している。

もうその目は俺のほうをとらえていない。教室前方の壁にかけられた時計を見ると、あと1分くらいで次の授業が始まるところだった。

俺は、江南さんの席を離れて自分の席に戻る。

次の授業の準備をしながら、俺はさっきの違和感について考えていた。

——いったいなにを考えてるんだ？

心のなかのひっかかりがうまれたのは、これが最初だった。

＊＊＊

翌日。

朝。電車から降りて、学校に向かうまでの道すがら、前方を歩く江南さんを発見した。どうやら、一人のようだ。話しかけようかどうか少し迷ったけど、すぐに早足で近づいていった。

「おはよう」

江南さんは、俺の顔を見て、ちいさくうなずいた。

近くに来るまでは気づかなかったけど、耳にはイヤホンが差し込まれている。コード付きだが、後ろからでは髪の毛に隠れていた。

「……ちょっと待って」

スマホをいじり、音楽を停止してから、イヤホンを学生鞄《かばん》の中にしまう。停止するときにスマホの画面が見えてしまったが、どうやら英語タイトルの曲を聴いていたようだ。見たことがないタイトルだったので、もしかしたら洋楽なのかもしれない。

「ごめん、音楽聴いてるときに」

「別にいい。それより、あんたにしては登校が遅いんじゃない？」

確かにその通りだ。いつもであれば、もう20分くらいは早く来ている。

「電車が遅延したんだよ」

「ふぅん……」

いつもの時間より通学路にいる生徒の数が多い。風が吹くと、皆、体を縮こまらせて寒そうにする。今や、江南さんと俺が並んでいても、露骨に注目されることは少なくなった。

横断歩道に差しかかったとき、ちょうど信号が青から赤に切り替わった。ぎりぎりで走り抜ける生徒もいたが、江南さんは急ぐ様子もなく、すぐに立ち止まった。

ここから上り坂になる。江南さんは鞄を後ろ手に持ちながら言った。

「早く免許が欲しいなぁ……」

通りすぎる自動車を眺めていた。エンジン音に紛れて、周囲の生徒たちの声はほとんど耳に入ってこなかった。

どうして？　と俺が尋ねると、江南さんが答える。

「楽そうだし」

「まぁ……」

実際のところ、坂道が多いこの通学路にはうんざりしているところがある。座ってアクセルペダルを踏むだけで前に進むのは魅力的なのかもしれない。

免許が取得できるのは18歳以上。誕生日が早かったとしても、実際に取得可能になるのはもう少し先のことだ。

「あんたは欲しいって思わないの？　大学決まってからとる人も多いでしょ」

「あんまり考えてなかったなぁ。急いでとる必要もない気がするけど」

「わたしは絶対すぐとるかな」

うちには、親父《おやじ》の車がある。親父はものぐさなので、車に乗ることはほとんどないけれど、俺が免許を取得すればいろいろできることが増える。確かに魅力的かもしれない。

「でも、江南さんの運転怖そうだな」

つい口に出してしまった。江南さんからのぎろりという鋭い視線。

「冗談冗談」

「もし、免許取ってもあんたは絶対に乗せてやらない」

でも、江南さんの我の強さが運転にどう表れるか不安ではある。

ちなみに、うちの親父の運転はかなり慎重だ。もう行けるだろというタイミングでも左右を気にしてばかりでなかなか前に進まない。

「どこか行きたいところでもあるの？」

江南さんは首を横に振る。

「そういうんじゃない。でも、自由に行ける範囲が広がると、それだけでも楽しいでしょ。思い立ったときに行きたいところに行けるのっていいよね、って話。今だとせいぜい、お人よしなクラスメイト呼び出して、ネカフェに泊まったりするくらいだから」

「ほんとね、深夜はやめてほしいんだよ」

「それでも来てくれるんだから、お人よしだよね」

ちなみに、二週間ほど前にも似たようなことがあった。なんだかんだで、江南さんに付き合ってしまうのは、俺の意志の弱さ故だろう。

江南さんはいたずらっぽく笑った。

「テスト前日に呼び出してあげようか？」

「それやられるとマジで困るから、ほんとやめてくれよ？　さすがにそのときは無視するかもしれないし」

「わかってる。わたしも今回のテストはもっといい点をとるつもりだし」

「お、自信ありそうだな」

ここ最近の江南さんを見る限り、ほんとにいい点数を取りそうだ。

「いい先生がついてるから」

「赤点不登校生徒をそこまでにするとは、ほんとにいい先生だ」

「生徒のもともとのポテンシャルが高いのもあるけどね」

なんにせよ、江南さんがいい点数を取ってくれたら、俺も嬉《うれ》しい。

昨日話したことを思い出す。

（さあね）

あのときに感じていた違和感は徐々に薄らいでいた。江南さんは、べらべら自分のことを話すタイプの人間ではないし。はぐらかされることも普通だろう。

——先生があんなこと言うからだ。

事前に「なんかあるんじゃないか」というようなことを聞かされていたから、無意識のうちにバイアスがかかっていただけなんだろう。よく考えなくても、江南さんが自分のことをはぐらかすのはいつものことだ。

結局のところ、先生も俺も江南さんの人間性をつかみかねている。普通の人と同じ物差しで測ろうとすると、はみでたところに違和感を覚えるだけのことだ。

江南さんがなにを考えているかまではわからないけど、こうやって話せるようになった以上、大したことではない。

「ちなみに、目標点数は？」

俺がそう尋ねると、江南さんは目線を斜め上に向けた。

「あんたよりちょい下くらい？」

「なるほど」

ちょうどそのとき、目の先にある歩行者用信号が青になった。

俺たちは、またゆっくりと歩きはじめた。俺と江南さんの足音が重なる。昨日もそうだったが、江南さんの瞬きが多いことに気がついた。あくびまでしていないが、眠そうに見える。

「バイト？」

すぐに江南さんがうなずいた。

「テスト前だから、また減らしてるけど」

そういえば、以前貯金しているというようなことを聞いたことがある。家庭事情が事情なので、いろいろお金が入用になるのかもしれなかった。

「あんまり無理しないほうがいいんじゃない？　倒れたりしたら元も子もないし。睡眠時間が足りないと、人間のパフォーマンスって大きく落ちるから」

「……あんたが言う？」

「うっ」

確かに、俺もあまり人のことは言えないのだ。江南さんよりも勉強量は多いはずだし、バイトはしていない代わりに家事に勤《いそ》しんでいる。

「……わたしは、わたしでやりたいことがいろいろある。そのためにはお金がいる。さっきも免許取りたいって言ったでしょ。そのうえで、自分の車を買ったりしたら、もっともっとお金がかかる」

「やりたいこと……」

「そう。わたしもいろいろ考えてるから」

江南さんの表情を見て、そこにいつぞやに目撃した陰のようなものが差しかかった気がして、俺のなかで困惑の気持ちが生まれた。

――あれ？

なぜか、自分が大事なところを取り漏らしているような、見過ごしてしまっているような空虚さが胸を差した。こんな直感的なものに感情を支配されたくないが、しこりのように固まって、自分のなかから消えようとはしなかった。

「江南さんのやりたいことって？」

だから、訊《き》いてみた。しかし、その返答はにべもなかった。

「さあね」

それは、昨日聞いたのとまったく同じ言葉。一定ラインを越えて、口にすることを明らかに避けている雰囲気があった。

江南さんは、俺が戸惑っているのを感じ取ったのか、つづけて言った。

「そんなに気になるの？」

「……」

朝の眠気とか、外気の冷たさなんてものは、今の俺には関係なかった。でも、俺の心情などおかまいなしに、江南さんは寂しそうに笑いながら、

「でも、教えない」

と一言。

これ以上、江南さんに踏み入ることを一切許さないという雰囲気だった。

……突き放された。

そう感じた。すでに乗り越えたと思っていた一つの壁の先に、もう一つの壁が存在している——そんな錯覚すらあった。

俺のことを知りたいと話していたくせに、自分のことについては教えない。本当に心を開いたりはしていない。

それがなんとなく伝わってきた。

「そう、か」

俺は、申し訳程度の言葉を返すことしかできなかった。

もしかしたら、自分のなかで江南さんと仲良くなれたという自負のようなものがあったのかもしれない。けれど、事実はそうじゃない。少しは互いを知り、互いを理解することができたのかもしれないが、足りていないものが多すぎるのだと再確認した。

江南さんは、どんどんと前に進んでいく。ちょっと遅れる形で俺も足を進めた。

やがて、正門に差しかかり、周囲の生徒の数がますます増えていった。さっきの話をするような雰囲気ではなくなり、大した会話もなく、歩きつづけるしかなかった。

数歩先で、江南さんが振り返った。

「変な顔して、どうしたの？」

そこには、いつもどおりの笑顔があった。

長い茶色の髪。きれいな形の瞳。透き通るような白い肌。

恐ろしく整った容姿だけれど、誰も寄せつけず、誰も受け入れない女子生徒の姿が、未《いま》だにそこに存在していた。

「……」

俺は、しばしの間黙り込み、いくつもの考えを頭のなかに巡らせたあと、答えた。

「なんでもない」

江南さんは、首を傾《かし》げたあと再び前を向いた。


——仕方ない。


西川が言ったように、俺がどうすることもできない領域だ。

だから俺は、黙ってその事実を受け入れるしかない。

一陣の風が吹き、グラウンドの砂埃《すなぼこり》が足元に巻き上がった。

ざ、ざ、という音が俺の耳に響いていた。

第二章　冬期講習

1

期末テストはあっという間に過ぎ去っていった。

今回も、いつも通りちゃんと解くことができた。感触からして、1位の座は譲らずに済みそうだった。自己採点でも全教科で目標ラインを越えていたし、テスト中に見直しをする時間も十分にあった。

期末テストのあとは、数日間のテスト休みに入った。

ここにきて、ようやく俺も少し気を抜くことができる。そこまで朝早く起きる必要もないし、家事もゆとりをもってすることができる。

気温はますます低くなっていき、最近では最高気温が一桁になることも珍しくなくなった。イベントも近づいてきて、外に出るとクリスマスツリーやらイルミネーションが街を彩っている。

そんな華やかな雰囲気とは逆に、俺の頭のなかではもやもやとしたものが残っていて、ふとしたときにそれを思い出してしまうときがあった。

――考えすぎないようにしよう。

そんなふうにしていたら、テスト休みも終わり、テストの返却日を迎えることになったのだった。

＊　＊　＊

「おまえ、順位見ないの？」

廊下に結果が貼り出されたとのことで、斎藤《さいとう》が尋ねてきた。

すでに全教科の答案が返却され、自分のテスト結果もわかっている。

廊下には、たくさんの生徒たちが順位を確認するために群がっている。しかし、俺は机に座ったまま動く気はなかった。

「大丈夫。たぶん、1位だし。急いで見る必要はない」

「くそ。この余裕がむかつくな」

すぐに斎藤が廊下に出て行って、1分くらいして戻ってきた。どうやら俺の予想通りだったらしく、悔しそうな表情を浮かべたまま後ろの席に着いた。

「な？」

「ダントツ1位おめでとう。というか、今回はいつもよりもちょっとよくない？」

「ケアレスミスがほとんどなかった。予想外に点数が低くなったところもないし、うまく歯車がかみ合った形だな」

今回の総合点数は、かなり満点に近い。だからこそ、それ以上の点数を取っている奴《やつ》がいるとはとても思えなかった。

徐々に廊下から人が戻ってくる。前に俺にやられた津野《つの》は、席に着いたままの俺に気づいて顔をゆがめたあと、特になにもすることなく通り過ぎていった。それから進藤《しんどう》が、のそのそと俺たちに近づいてきた。

「俺の名前はなかった」

「……知ってる。というか、赤点あったし、のってるわけないだろ……」

「でも、江南《えなみ》の名前がぎりぎりひっかかってた……」

「え？」

よく話を聞くと、貼り出し対象100名のちょうど100番目に江南さんの名前があったとのことだった。ぶっちゃけ、100位以内は、平均点より上にならないと入ることができない。

「だから、ちょっと廊下では意外そうな声が上がってる。つい最近まで、江南がろくに登校しなかったり、テスト結果が散々なことは知られてたから、ショックが大きいみたいだな」

なるほど。もしかしたら、津野が戻ってきたときのリアクションには、そういった事情も含まれていたのかもしれない。後ろの席には、江南さんの姿がない。自分の名前が載っている可能性を考えて、見に行ったのだろう。

前回の中間テストのときには我関せずの態度だったから、大きな変化だ。

「あっ、大楠《おおくす》君」

花咲《はなさき》も来た。

「ね、ね！　江南さんがすごいことになってるよ！　やっぱり大楠君の教え方のおかげなのかな？」

「ちょうどその話をしてたんだけど……マジか……」

進藤の冗談ではないということがわかった。もともと、疑ってはいないけれど。

廊下にいるだろう江南さんは、その結果を見てなにを思うのだろうか。

「ちなみに、花咲はどうだったんだ？」

「……6位。前回よりちょっと落ちちゃった……」

とはいえ、斎藤や進藤にとっては雲の上の順位だ。「そんなんで落ち込むことはないだろ」とか「俺はたぶん下から数えてそれくらいだ」などと慰めていた。

花咲は反応に困っているようで、「う、うん」と曖昧に濁した。

「わたしも大楠君に教えてもらえば、もっと成績良くなるのかな。もちろん、江南さん自身の努力もあるだろうけど、よく勉強教えてるの見るもんね。教えてる側としては、やっぱりうれしいものなの？」

「まぁ、うれしいはうれしいかな」

正直なところ、予想以上だった。平均点を上回るとしてももっとギリギリなんじゃないかと予想していたのだ。

「でも、その割に、うれしそうじゃないね」

「そう、かな……」

「うん。うまくいえないけど……。ごめんね」

花咲に気を使わせてしまっているようで、なんだか申し訳ない。

俺の感情に嬉《うれ》しいという気持ちがあるのは間違いなかった。いろいろ世話を焼いてやったという自負はある。でも、それ以上に、俺が勉強を教えている意味みたいなものがわからなくなってきたのだ。

江南さんは、成績を良くして、それをなにかに活《い》かすことがあるのか。進学して、これからも勉強をつづけていくつもりなんだろうか。

もしそうじゃないなら、成績を上げることに本当に意味はあるのだろうか。

こんなことは口には出せない。でも、釈然としないものがあるのは事実だった。

「たぶん、驚きの感情のほうが強いからかな。すごいな、と思って」

「そうだよね。わたしもそのうち抜かされちゃうのかな」

　さすがにそんなことはないだろう。花咲の成績に追いつくのは相当大変なはずだ。

　廊下の人だかりがさらに減っていく。この隙に順位を確認してみることにした。

　まばらに散った生徒の間を抜けていき、大きな模造紙の前に出る。すぐそばに江南さんや西川《にしかわ》も立っていた。もはや順位は見ずに、二人で何事か話している。

「あ、なおっち」

　弾んだ声で、俺にそう話しかけてきた。

「これこれ！　梨沙《りさ》ちゃんすごいよね」

　指さされた先には、進藤や花咲に言われたとおりの光景が広がっていた。

　100位　江南梨沙　577点
　——本当だったんだな。

　いろんな感情が混ざったため息をついた。

　江南さんの様子をうかがう。すると、江南さんも俺のほうを見て、それから得意げな笑顔を俺に向けてくるのだった。

前置詞、イディオム注意
00位
江南梨

2

終業式を経て、冬休みに突入した。

長期休暇に入ってなお、朝に自然と目覚めてしまう。これはもはや習慣だ。

体力を最も消耗せずに済む方法は、毎日同じ生活習慣を繰り返すこと。非常に健康的だと自分でも思っている。

休みの日の朝は、勝手に食べるようにしてもらっている。パンを焼くのでもいいし、なにも食べないならそれはそれでよし。俺自身も、朝にあまり食欲がないので食べないことが多い。

——たまには、休むか……。

いつもよりもやることが少ないとはいえ、やらなければならないことはいくらでもある。

勉強はもちろんのこと、洗濯や掃除は毎日こなさなければならない。休みの日くらいは親《おや》父《じ》や紗香《さやか》に風呂掃除等を頼んでいるが……。

ベッドのなかにこもって、スマホをいじる。

今日のニュースをざっと見ていく。大きな事件はないが、ここから遠くないところで逃げてしまった巨大爬虫類《はちゅうるい》が無事に捕まったらしい。他にはめぼしい内容はなかった。天気予報を確認すると、今日は曇り、明日以降はしばらく晴れがつづくようだった。

窓の外は、実際に曇っている。天気が崩れるといろいろ面倒なので、天気予報通りになってほしいなと思った。

「ふー」

スマホを置いて、だらんと腕を伸ばした。

時刻はまだ8時過ぎ。また寝るのもいいし、ネットサーフィンで無為に時間をつぶすのも悪くないかもしれない。

クリスマスまではあと少し。とはいえ、クリスマスのちょっと前から冬期講習を受講する予定だ。期間は5日で、26日までつづく。

——寝るか。

意外と疲れがたまっていたようで、起きはしたが眠気がまだ残っている。

俺は、そのまま目を閉じた。

しばらくして目を覚ますと、天井付近の暖房のランプが目に入ってきた。

体を起こし、スマホで時間を確認したところあれからさらに2時間以上寝てしまったようだった。

——ま、いいか。

休めるときにしっかり休むのも大事だ。

うーんと伸びをする。そういえば、花咲から借りた本でまだ読んでいなかったものがあったはずだ。冬休み前までに読んで返せばよかったと後悔しながらも、部屋の本棚に入れてあったその小説を手に取り、ベッドまで戻ってきた。

ヘッドボードに寄りかかりながらページをめくる。内容は本格ミステリ。ひねくれ者の探偵がちょっとグロテスクな事件を推理する有名なシリーズものだった。

20ページくらいを読み進めたところで、ドアがノックされた。

「兄貴、今いい？」

「ん？　ああ、いいけど……」

そう返した俺は、小説を閉じてベッドの上に置いてからドアを開けてやった。

そこには、すでにパジャマから部屋着に着替えた紗香の姿があった。昨日遅くまでゲームでもしていたのか、ちょっと眠そうである。

「部屋に変なクモがいる……。とって」

ふーっと息をついた。紗香はあまり虫が得意じゃない。

「わかったわかった。そんなにでかいのか？」

「うーん、そうでもないけど」

紗香の部屋に入ると、そこはやはり散らかっていた。たまに掃除してやらないとすぐごうなるので、仕方ないやつだ。

「どれ?」

すると、紗香は奥の壁を指さした。すぐに標的は見つかった。微動だにせず壁に張りついていた。1センチくらいなので、全然恐怖心が起きない。ティッシュを一枚とって、素早い動きでそいつを捕まえてやり、手でぎゅっとつぶしておいた。

「さすが」

「おまえな、ちゃんと掃除しないからだぞ。部屋のなかにいろいろ散らばってるじゃないか。そのうちGのほうも出るんじゃないか?」

「変なこと言わないでよ。とったなら、さっさと出てって」

背中を押され、そのまま部屋の外に出されてしまう。いつものことだ。

クモの死骸入りのティッシュを1階のごみ箱に捨て、自分の部屋に戻った。

ベッドのうえに読みかけのまま置いた小説を持ち上げたところで、すぐ横のスマホがメッセージ受信の通知を表示していた。

——なんだ?

画面を開くと、そこには江南さんからのメッセージが届いていた。

梨沙:あのさ、冬期講習とかって受ける?

驚いた。メッセージが来たことについてもだが、その内容についてもだった。

相変わらず読めないな……。

一応、正直に返してやった。すぐに既読がつき、返信も来た。

梨沙：あんたが受けてるのとか、今からでも申し込み間に合う？

大楠　直哉《なおや》：ちょっと待って。てか、同じの申し込むつもり？

梨沙：まあ
仕方なく調べてあげた。

締め切りが今日までだった。というか、今日の12時までだった。急いでその旨を伝えたら、江南さんからこう返ってきた。

「げっ」

梨沙：聞いといてよかった。すぐに申し込む
本気なのか……。江南さんと一緒に冬期講習を受講するなんて想像できない。残念ながら、冬期講習は普段通っていない人でも申し込み可能だ。たぶん、同じ校舎のものを申し込んだだろうし、今さら避けることは難しい。

大楠　直哉：なんで急に冬期講習？

理解不能だ。しかも、俺と一緒のやつをなんで受ける必要があるのかと思う。

梨沙：なんとなく？

……そんなことだろうと思った。

俺の受ける講習は、来年の受験を視野に入れたものだ。本気で受けるのであれば、江南さんも来年に受験することになる。おそらく講習を受けるということが目的化していて、そこまで深く考えていないのだと思う。

梨沙：いや？

大楠 直哉：そんなことはないけど。ただ、思ってもみなかったから

自分と同じ講習を申し込むと言いながら、その理由は教えない。将来どうしたいのかも話してはくれない。ただ、自分の都合のみで動いて、他人との間になにかを共有しようとしたりはしない。

そこには理由があるのかもしれないが、今の俺には目の前で起こることを受け入れることしかできない。

いったんそこでメッセージが途切れたが、5分くらいしてまたスマホが震えた。

梨沙：申し込んでおいた。てか、意外と高い

大楠 直哉：逆にいくらくらいだと思ってたの？

梨沙：数千円とか

大楠 直哉：さすがにそこまで安いのはほとんどないと思うぞ

それでもぽんと出せてしまうあたり、金銭的には余裕があるのだろう。

梨沙：なんにせよ、ありがとね。どういうの選べばいいかわからなかったけど、あんた

の選んでるものなら間違いなさそうだし
大楠　直哉：ぶっちゃけ俺もよくわかってないけどな……
普段から予備校に通っているわけじゃない。だから、当然予備校事情に詳しくないし、ネットで軽く調べて申し込んだだけだ。
江南さんにこの講習が合うのかどうかもよくわからない。
大楠　直哉：これから塾に通うことでも考えてるの？
梨沙：別に？
大楠　直哉：もし、少しでも考えてるなら、いろいろ自分で調べたほうがいいよ。西川とかが詳しいかもしれないし
梨沙：どうなんだろ。そういう話、めったにしないから
少なくとも、江南さんからそういう話題をふることはなさそうに思える。だからこそ、今回の出来事が青天《せいてん》の霹靂《へきれき》なのだが。
梨沙：用はそれだけ。助かった
大楠　直哉：はいよ
そこで、メッセージのやりとりは終わった。スタンプや絵文字など一切発生しない無機質な文のみのやりとり。これもこれで俺たちらしいのかなと思った。
スマホを置きなおして、今度こそ小説を拾う。すっかり目が覚めてしまった。昼ご飯の

時間まではもう少しある。まだまだ小説のページはたくさん残っているが、他にも読みたい本があるので読めるときに読んでおきたい。

小説を読み進めてから昼飯の準備をしようと考えて、俺は紙面に目線を落とすのだった。

＊　＊　＊

「俺のパンツどこだっけ、直哉」

「洗面台の前の棚に入れてあるだろ」

「あれ？　でも……。ああ、いや奥のほうにあったわ」

夜。晩ご飯も食べ終わり、片づけも一段落したところ。素っ裸の親父《おやじ》がタオルで体を拭きながらのそっと出てきたので応答してあげていた。

「てかさ、ちゃんと体拭いてからにしてくれよな。床が濡《ぬ》れる」

「へーきへーき」

パンツを得た親父は、それだけ着た状態でリビングに足を踏み入れた。ちょうどソファに寝転がっていた紗香が嫌そうに顔をしかめる。

「キモイ邪魔どいて」

「あと親父、風邪ひくよ」

「二人してうるさいな。どうしようが俺の勝手だろ」

そう言ってリビングを横切り、冷蔵庫から缶ビールを取り出した。プルタブを引き、かしゅ、と音を立てたあと、ごくごくと喉を鳴らす。

「んはぁ。風呂上がりのビールはやっぱうまいな」

ちなみに、親父ももう少しで正月休みに入る。ただし、学生と違って1月の上旬で仕事に復帰しなければならない。

「ふぅ、てか寒いな」

「そりゃそうだろ。暖房効いてるとはいえ、冬だぞ冬」

親父はそそくさとシャツやズボンを身にまとう。最近、親父のビール腹が目立つようになってきた。運動もしていないし、当然の帰結だろう。

ソファの横にあぐらをかいている。親父がリモコンでテレビをつけると、よくわからないクイズ番組が流れはじめた。

親父が言う。

「庭の手入れ、あんまりしなくなっちまったな……」

どうやら、テレビを見ずにリビングの外を眺めているようだった。うちの庭はあまり大きくはない。けれど、もともとそこにはプランタがいくつも置かれていて、いろんな植物が植えられていた。

今はもうないけど、サクラソウやコスモスがきれいな花を咲かせていたり、ナスが実っていたりすることもあった。現在では、プランタはひっくり返されたうえで、庭の隅に放置されたままになっている。

なぜなら、もうそれを世話する人がいないからだ。

たまに雑草を抜くことはあっても、それ以上のことはしない。

俺たちの誰も庭をまともに使用していない。

「でも、なにか植えたりするのも手間がかかるしな。俺は俺で手いっぱいだし」

「あたしも特にしたいことなんかないし。虫嫌いだし」

紗香もあくび混じりにそう言った。

というか、親父がこの家で一番ものぐさなので、庭の手入れなどまともにできるはずがない。俺がそう畳みかけると親父はしゅんとしてしまった。

「いやぁ、そうなんだけどさ。なんかもったいない気がしてな」

酔ってるのかもしれない。もともと親父は酒に強くない。

掃き出し窓越しに見るその景色は、物寂しく見えた。

「今すぐにはやる気がしないけど、少しくらいはなにかしてもいいかもな。お墓に添える花だって、ここで育てたものを摘んでいけば喜ぶかもしれない」

「さすが賢いな」

「とはいえ、もしやるんなら親父にも紗香にもちゃんと協力してもらわないとね。なんでもかんでも俺がやるのはよくないし。あと親父、今日の風呂掃除なんでやらなかったんだ」

「げっ、忘れてた！」

仕方ないので、風呂を沸かす前に急いで掃除する羽目になった。こういうところがだらしないから任せきれないところがあるんだよな……。

「明日はやれよ。その代わりに紗香は明日しなくていい」

「お、マジで？　やったね」

親父はがっくりしている。顔は、アルコールで赤くなっていた。

「ちなみに、ビールは一本だけだからな。弱いんだからそれで我慢しろよ」

「へーへー」

酩酊《めいてい》状態になり、なにかやらかしたとしたら処理するのは俺だ。あまり仕事を増やしてもらいたくない。

そのあと、親父に「リビングで寝るな」とか「つまみ禁止」とか言い含めたあと、階段を上がり自分の部屋に戻った。

3

「今日から、か」

12月22日。俺は、一駅離れた場所にある予備校の前まで訪れていた。

同じように冬期講習を受けに来たであろう高校生たちの姿も見える。入り口には大きく「直前講習・冬期講習実施中」と記載された紙が貼りつけられていた。受験シーズンが近づいてきていることもあり、直前講習の文字がやたらと強調されている。

予備校生ではないため、ほとんどここに来ることはない。受講票を鞄《かばん》から出した俺は、少し緊張しながら中に足を踏み入れた。

受講票の案内に従ってエレベーターを上がっていき、目標の教室にたどり着く。

そこまで人気のある授業ではないため、教室内に人は多くなかった。満員であれば100人くらい収容できそうだけど、20人程度しか座っていない。しかも、その配置もバラバラであえて後ろのほうに座っている人も多い。

前に置かれているプリントを一枚とってから、中央よりも少し前の席に腰を据えた。授業開始まであと20分程度ある。事前に配布されていたテキストを出し、ぱらぱらとページをめくりながら開始を待つことにした。

……そこから約10分程度。

急に、教室内が騒がしくなったように思えた。

テキストに目を通している俺の耳に、こんな声が聞こえてくる。

（誰？）

（芸能人？）

（びっくりした）

顔を上げなくても、なにが起こっているのか理解できてしまう。

――これだから、嫌だったんだよな……。

すでに受講生の数も増えてきている。さっきより10人くらいは増えているんじゃないだろうか。そのなかには一人でなく、複数人で受講している人もいる。そういうやつらが隣同士で話しているのかもしれない。

気づかないふりをしたままでいると、足音が近づいてくるのがわかる。その足音は、俺の手前でぴたりと止まった。

仕方なく、顔を上げた。そこには予想通りの人の姿があった。

「や」

江南さん。黒のタートルニットとロングスカートを身にまとっている。うまくいえないけど、やっぱり他の生徒と比べて見た目が大人びてるんだよな……。

「まじまじ見るの禁止」

「見てないって」

「ふぅん」

江南さんは、俺の後ろを通って隣の席に座る。そのとき、「ち、彼氏か」「あーはいはい」という声がかすかに聞こえてきた。死にたい。

俺と同じようにテキストや筆記用具を机のうえに並べている。

「あんた、結構前のほう座るんだね」

「そんなに前か？　正直、あんまり後ろに座っても前が見えないから困るだろ」

江南さんは声をおさえてくれている。おかげで、会話が聞かれずに済みそうだ。

「江南さんって、こういう講習受けたことあるの？」

「あんまりない。少なくとも、高校に入ってからは一度もない」

「俺も、ほとんど受けないからはっきり言えないけどさ。こういうのって先生の当たりはずれがあって、後ろすぎるとかえって目をつけられることもあるんだよ。自分は標的にならなかったけど、そういうことをする先生がいるってのを知ってからはちょうどいい位置にいるようにしてる」

「ちょうどいい位置？」

「前すぎてもダメなんだ。前は前で標的になるから。目立たない場所にいるのがいい」

と、そこまで言ったところで、俺は絶望的な気分になった。

目立たないわけがない。隣にいる人がこの人なのだから、どうしようもない。

「はずれ、ね。そんなに変なのいるの？」

「俺の知る限りではいる。とにかく初対面で受講生をぼろくそに言って、不安にさせて、そのあとで『俺についてくれれば全部解決してやる』みたいな洗脳まがいのことをする人とか。案外、そういう人が人気講師だったりするんだよ」

逆に、俺はそういう先生が嫌いなので人気すぎる授業は受けないようにしている。そのうえで、事前に先生の評判をネットで確認し、無難そうな人を選んでいる。

「ま、わたしにそんなことする先生がいるなら逆に見てみたい」

江南さんはにやりと笑う。うちの先生ですら持て余している生徒なのに、初対面の予備校講師がどうにかできる相手じゃないだろう。

「さすがに、予備校の授業を崩壊させたらまずいからね。あと、たぶん今回の先生は大人しそうだし大丈夫だと思うよ」

「面白くない……」

なんのために来てるんだろうか。気になった俺は訊《き》いてみた。

「ちなみに、ちゃんと予習してきた？」

すると、江南さんは怪訝《けげん》そうな顔をして、「よしゅう……？」と覚えたての日本語を発音するみたいな口調でオウム返しした。

「……ええと、教材が配られたとき、説明書きにそう書いてあったよな。どの日にどこまで授業を進めるから、前日までに例題は全部解いてくるようにって……」

「へー。教材だけとって他は全部捨てたよ？」

「……さいですか」

江南さんの性格を考えれば十分にありうる話だった。この爆弾みたいな人を一人にしなくてよかったと思う。

「貸して」

「これ？」

「そっちじゃない。もう一つのほう」

俺は強引にテキストを奪い取り、改めて説明する。今日の授業の範囲、それから本当は予習しなければならないところを教えてやる。

「無理じゃない？　今からだと」

前方の時計を見ると、すでに授業開始の5分前になっていた。

「確かに、俺でも10分くらいかかったからな。ああ、もういいや」

シャーペンをつかんで、自分のテキストに書いた答えを丸写ししておく。記号問題が多かったので、写すだけならばそう時間はかからなかった。なんとか写し終えたあと、江南

よしゅう‥??

さんにテキストを返した。

「明日以降は自分でやれよ」

「……」

江南さんは、狐《きつね》につままれたような表情でそれを受け取る。ぱらぱらっと俺が書き写したページを見ている。

「……どうした？」

無言の間がつづくので、不安になった。すぐに江南さんが小さな声で返事をする。

「ありがと」

その言葉尻をかき消すように授業開始を告げるチャイムが鳴り響いた。話していた受講生の声が静まり、すぐに一番前の扉がするすると開く。

入ってきた先生が穏やかそうな人だったので大丈夫そうだと俺は安堵《あんど》した。

＊　＊　＊

授業終了のチャイムがスピーカーから聞こえてくる。

見た目だけでなく声も穏やかな先生で、少し眠くなってしまったのは内緒だ。前方の黒板にはところせましとアルファベットが並んでいる。

先生が去り、受講生たちも帰り支度を始めている。

隣に座る江南さんは、授業を真面目に聞いていたみたいだった。ノートを写しきれていないらしく、まだペンを走らせていた。

「板書多すぎ……」

それはちょっと俺も思った。でも、字にこだわらなければそんなに苦戦することはない。やがて、書き終えた江南さんがペンを置いてため息をついた。

「お疲れさん」

教室の前方には、若いチューターの姿がある。江南さんの作業が終わったのを確認してから黒板を消し始めた。きゅっきゅ、と黒板消しがこすれる音が響いている。

俺は鞄を肩にかけて立ち上がった。江南さんが片づけ終わるのを待つ。

「やっぱり、正解だった」

そのとき、江南さんがぽつりとそんな言葉を漏らした。なんのことかわからず困っていたところで、江南さんが目線だけ上げて俺を見た。

「あんたと一緒の講習にして、ってこと」

「ああ……」

もしかして、授業の内容に満足したということなんだろうか。しかし、江南さんは俺の心を読んだかのように「そういうことじゃなくて」と首を横に振った。

「こういうところに参加すると、かなりの確率で面倒なことになる。よく知らないやつに声をかけられたりとかそういうの。でも、あんたがいるから、誰も何もしようとしなかったでしょ。それがすごく助かる」

すでに、教室内に残っているのは俺たちとチューターの人だけだ。つづけて次の授業があるから、すぐにまた人が入ってくると思うけれど。

「そういうことだったんだ。俺はてっきり――」

「てっきり？」

「困ったときのヘルプとして、ってことかと」

すると江南さんは目を大きく開いて、それからクスッと控えめな声をあげて笑った。

机のうえに広げられていたものは片づけられ、江南さんも帰る準備ができたようだ。

「行こっか」

江南さんが立ち上がり、俺にそう言った。


江南さんも俺も、これ以外の講習を申し込んでいない。だから、そのまま予備校の外に出ようとエレベーターのボタンを押した。

数秒程度でエレベーターが到着し、軽やかな電子音のあと扉が開いた。

乗り込もうとして、俺は、驚きのあまり硬直した。

「どうしたの？」

後ろから江南さんの声が聞こえるが、反応することができなかった。

踏み出そうとした足が中途半端な形で止まっている。

エレベーターのなかにいる人が、俺の様子に怪訝そうな反応をして、視線を俺の顔に持ち上げて、同じように驚いて固まっていた。

「おお、くす君？」

「花咲？」

エレベーターのなかには、花咲がいたのだ。しかも花咲一人だけではない。

花咲の後ろには、薄い髪色の女子の姿もある。その女子も気づいて、顔を上げた。

「なおっち？」

……そう、西川だ。

さすがにこのまま話すのはまずいと思ったのか、花咲も西川もエレベーターから降りる。

本来俺たちを乗せるはずだったエレベーターは、扉を閉ざして先に進んでいった。

人気の少ないエレベーターホールに四人が集まっていた。

俺、江南さん、花咲、西川。

急な出来事だったので、俺は二の句が継げないでいた。

最初に言葉を発したのは、江南さんだった。

「――西川、都合があるってそういうことだったんだ」

「あ～まぁねー。てか、梨沙ちゃんも講習受けてるとは思わなかった。絶対に誘っても来ないと思ってたから、言わなかったのに……」

察するに、講習を受けるにあたって西川のことも誘っていたのだろう。

その次に口を開いたのは花咲だった。

「お、大楠君も来てたんだね。そっちは英語？」

「うん。そっちは？　同じ時間に終わったってことかな」

「わたしも西川さんも、一つ上の階で数学の授業を受けてたんだ」

俺と話しながらも、たびたび江南さんを気にしているような雰囲気。俺は言った。

「江南さんも俺と同じ授業受けてて。それで、帰りも一緒になったんだよね」

「……そう、なんだ」

そこから四人ともしばらく沈黙がつづいた。

日が少しずつ傾きはじめていて、窓から差し込む光も赤みが増してきている。廊下のほうから他の受講生たちの足音が聞こえてきていた。

俺は、謎の空気に耐えられず、片手を頭に当てて目線をあらぬ方向に向けた。

4

静かだった。

カップとソーサーが触れ合う音が聞こえている。店内にそこそこ客はいるけれど、騒がしい空気はなく、緩やかな曲が流れているくらいだった。

テーブルのうえには四人分の飲み物が並んでいる。俺の横に江南さん、前に花咲、斜め前に西川が座る形となっていた。

「いやー。しおちゃんどころか、なおっちも梨沙ちゃんも来てるなんてねー」

西川が沈黙を打ち破った。

江南さんだけでなく、西川も花咲も私服姿だった。西川は白ニットにハイウェストのスカート。花咲は、トップスのうえにキャミワンピースをまとっている。俺はと言えば、せいぜいセーターにジーンズというきわめてシンプルな格好だった。

「まあ……」

ちらりと横目で江南さんを見ると、我関せずとばかりにコーヒーをすすっている。

対して、真正面の花咲からは真剣なまなざしが届いている。

「花咲とはたまに遭遇することがあるよ。時間がぴったり重なっているのは珍しい気がするけど。まさか四人とも一緒の時間帯なんて、はは」

自分でも、なんでそらぞらしい笑い声になってしまうのかが理解できない。不思議な状況ではあるけれど、俺はなにも悪いことをしていない。でも、そういうときに限って、どう反応すればいいかわからず、変な感じになってしまう。

どうすればいいかわからなくなったところで、江南さんがカップを置いた。自然と三人分の視線が江南さんのほうに集まった。

「わたしが頼んだ」

どうやら、ありのままちゃんと説明するらしい。俺はほっとしていた。

「どういうの受ければいいかよくわからなかったし。適当に選ぶよりは、一緒に受けたほうがいいんじゃないかなって」

「一緒に受けてるってよりは、江南さんが俺の時間に合わせたって感じ。あと、俺といたほうが変なのに絡まれずに済むってのもあるらしいよ」

西川も花咲も、そこまで聞いてある程度納得した様子だった。

——今も、だもんな。

周囲の客も、江南さんを気にしていた。江南さんだけじゃないかもしれないが。

「なるほどね〜」

そう言って、西川が大きくうなずいている。花咲の眼光も少し弱まったように感じる。

「それよりも、西川と花咲が一緒にいるのも驚いたよ。俺も花咲も、講習受けるときに人を誘ったりとかしないからさ」

「こっちは完全に偶然。ね、しおちゃん」

「うん」

話を聞くと、どうやら教室内でばったり出くわしたということらしい。今日講習を受けた予備校は、学校の最寄り駅から一駅しか離れていない。そのため、うちの学校の生徒も集まりやすいのだ。

実を言うと、俺と江南さんが受けた講習にもうちの学校の生徒はいた。ただ、同じ学年でもあまり話したことがない相手だったので、特に会話をすることはなかった。

「じゃあ、たまたまかぶったのが、西川、花咲、俺で、そこに江南さんが加わったということだったんだな。エレベーターで見たときはめっちゃ驚いた」

「わたしも。ほんとに二度見しちゃったもん」

とにかく、変な誤解が生まれずに済んでよかった。

結局あのあと、エレベーターホールにいつづけることもできず、四人で近くの喫茶店まで向かうことになったのだった。その間のいたたまれない空気を思い出すとまた身の毛がよだちそうになる。

「あ、そうだ。花咲に借りたままの小説。今度返すよ」

「……確かに。わたしも忘れてた」

「講習はじまる前に読んだんだ。やっぱり花咲が勧めるだけあって、すごく面白かった。ああいうおどろおどろしい雰囲気の小説も読むんだな」

「ちょっと怖いんだけど、話の内容がしっかりしてるし、キャラクターもいいからわたしは結構好きなんだ。まだ続きがあるから、貸そっか？」

「マジで？　ありがとう。そうしてもらえると助かる」

せっかくこうやって会う機会ができたのだから、俺のほうもなにか貸そうかな。家に帰ったら、一度本棚をあさってみてもいいかもしれない。

急に左から視線を感じたのでそちらをうかがうと、江南さんが、無表情のままじーっと俺のほうを見ていた。

けれど、特に何も言うことはなく黙ったままだったので、触れないようにする。

「全部読んだ感想としては、後味の悪い終わりかたが結構よかったな。事件のトリック自体も、死体をバラバラにしてたってのがいい感じに怖かった」

「そうなんだよね。でも、筋としては通るから納得しちゃう。最初のほうの、暖炉のところで伏線もあったもんね」

「そうそう。明日以降も、予定変わらないよな？　明日持ってくるよ」

「うん。わたしも持ってくるね」

花咲と小説談議をしていると、西川までもが不思議そうに俺たちの様子を見てきた。それから、頬杖《ほおづえ》をついて言った。

「二人って、思ったより仲いいんだね〜」

「一年からの付き合いだし……」

去年も今年も委員が同じなのだ。だから、自然と話す機会も多かった。

「去年は、わたしも大楠君も図書委員だったから。で、お互いに小説読むってわかって、こうやって貸し借りするようになったの」

懐かしい。たまたま担当の曜日が一緒だった。そこから少しずつ話すようになった。

花咲は一年のときから優しい性格で、俺みたいな人間にとっても話しやすかった。いろいろ面倒なこともあったけど、それらを乗り越えて今の気安い関係に変わっていった。

雨の日。誰もいない昇降口で、花咲が言ったこと。

（……用事思い出しちゃった）

グラウンドの土はぐしゃぐしゃで、大粒の水滴が砕け散る音が絶え間なく響いていた。

花咲は声を震わせて、前髪と重なった顔をうつむかせて、ぼんやりと立っていた。

等身大の影が花咲の足元から伸びていて——。

あのときのことは、今でもよく覚えている。

「さらに、クラスが一緒になって、二人でクラス委員やることになるとは思わなかった。

勉強面でもいいライバルだし、自然と話す機会も多いんだよ」

「ライバル、って言っても、全然大楠君に勝てたことないけど……」

「そうなんだー。しおちゃんともなおっちとも同じクラスじゃなかったから知らなかった」

「去年、西川と江南さんは同じクラスだったんだっけ？」

西川と江南さんが顔を見合わせてからうなずいた。

去年の時点で、すでに江南さんは有名人だった。とはいえ、一年のときは不真面目で遅刻常習犯なんて話は聞いたことがなかった。ただ、その容姿は当時から変わらず、幾多の男子を撃滅させたということだけは耳に入ってきた。

「二人も当時から一緒にいたイメージあるな」

「うんうん。わたしと梨沙ちゃんも、一年のときからの付き合いだしね～」

西川のコミュ力も当時から発揮されていたわけだ。

「一年のときから梨沙ちゃんはこんな性格だから、ちゃんと話ができるようになるまでは、すごく大変だったんだ～」

「……覚えてない」

「ね、こんな感じだったの」

苦笑するしかない。江南さんが、西川みたいな性格になったほうがよほど怖い。

「だから、なおっちがいとも簡単に梨沙ちゃんと仲良くなったのはびっくり。というか、それどころの雰囲気じゃなかったのにね」

「やっぱりあのときなんだ」

ぼそりと花咲がつぶやいた。

花咲も目撃していたはずだ。誰から見ても、あそこからこうなるとは考えられない。けれど、現実には一緒に冬期講習を受けるまでになってしまった。

とはいえ、江南さんにはまだ謎が多い。

「なんかなおっちのことを気に入るようなところがあったの？」

「特に……。あんまりにも必死そうだったから。西川と一緒」

江南さんはコーヒーをすすりながら、視線をわきにずらす。

しばらくして、カップを置いた江南さんが腕を組んだ。

「それに、気に入るもなにもない。わたしはそんなに狭量な人間じゃないし。世の中にうざったいのが多すぎるだけ」

「狭量な人間じゃない……？」

「うん」

「本気？」

「生意気」

口調とは裏腹に、江南さんが俺に怒っている様子はなかった。西川も俺と同じように、呆《あき》れていた。

「じゃあ、もう少し花咲とも仲良くしたらどう？」

俺がそう言うと、花咲がびくっと肩を震わせた。江南さんにビビっているところはあるけれど、花咲は人に嫌われるタイプの人間じゃない。

「……それは」

「それは？」

「善処する。ていうか、そんなことあんたがいちいち口をはさむことじゃないでしょ」

もしかしたら、江南さんも江南さんで距離感を測りかねているだけかもしれない。花咲は、江南さんの言葉に少しほっとしていた。

「こればっかりは、しおちゃんのせいじゃないからね〜。わたしだってすごく苦労したんだから、梨沙ちゃんの難易度がすごく高いせい」

「う、うん。でも、わたしも江南さんとは仲良くしたいと思ってるから、わたしとしてはいつでも大歓迎だよ」

江南さんも、花咲に対して冷たく当たりたいわけではないらしい。花咲の言葉に気まずそうに小さくうなずいていた。

「でも、普通に冬期講習を受けるよりも、こうやって四人そろうほうが楽しいよね〜。そういう意味ではよかったよ」

西川がニコニコとそう言った。俺もそのとおりだなと思った。

＊　＊　＊

翌日。

昨日と同じように予備校に訪れた。そして、同じように10分くらい前に江南さんが教室に入ってくる。

「今日はちゃんと予習した？」

そう尋ねると、江南さんは「当たり前でしょ」と答えた。

テキストを一応見せてもらうと、俺に言われた通りに問題を解いてきたようだった。

「いや、江南さんのことだから、『忘れた』という可能性もあるのかなと。ちなみに、ここここの問題、たぶん間違えてるから」

「え？　そっちが間違えてるだけじゃない？」

「俺のほうが合ってると思う」

どうしてそう思うのかを教えてやると、江南さんはすぐに納得してくれた。昨日の授業内容をふまえた問題だが、ちょっとひっかけに近いところがあった。

「なんか、わざわざここに来るよりも、あんたにあとで教えてもらったほうが早いかも」

「そういうこと言うなって。他は合ってそうだし、大丈夫」

少しずつ江南さんも学習している。昨日見たところ、大人しい先生だけど、生徒に問題の答えを尋ねたりすることはあるみたいだった。今後は自力で対応できればいいなと思う。

「江南さん、もしかして眠い？」

昨日よりも元気がなさそうに見えた。江南さんは、「まぁ」と一言。

「そんなに予習に時間がかかるわけじゃないし、バイト？」

「そう。お金貯《た》めたいから」

「免許取るから？　にしたって、そこまで急いでどうしたいの？」

しかし、急に江南さんの歯切れが悪くなる。前みたいに「さあね」としか答えなかった。

「……秘密主義だな」

「お金なんて、いくらあっても困ることはないでしょ。無為に時間をつぶすよりも、バイト入れてお金を稼いだほうがいい」

冬休みは確かに稼ぎ時なんだろう。本当であれば、冬期講習を受けている時間もバイトに充てたいのかもしれない。

「でも、授業中に寝るなよ。学校でやるよりもはるかに目立つからな」

「わかってる」

本当にわかってるのだろうか。今にも寝てしまいそうな江南さんを見て心配になった。

そして、その悪い予感は的中した。

「――ええ、ということで、この場合はonが前置詞として適切なんですね。もともと、onという前置詞のイメージとしては……」

前方から聞こえてくるゆったりとした声。昨日から眠気を助長しそうだなと感じていたけれど、初日の緊張感も薄まったことでさらにそう感じる。授業の内容としてはしっかりしているし、聞きごたえはあるが、油断すると俺も持っていかれそうだ。

「ここまで理解してもらえたら、このページは以上です。では次のページに――」

一斉にページをめくる音が聞こえてくる。俺も例にもれずそうしたところで、気づいた。

隣が静かなのだ。

おそるおそる見てみると、案の定、江南さんがうつらうつらしているところだった。シャーペンだけは器用に持ちながら、頭が前後に動いている。

あわてて肩を叩《たた》いて起こすと、わかってるとばかりに視線を持ち上げてから、遅れてページをめくった。目の下をこすって、背筋を伸ばす。ちゃんとノートを取りながら、授業に意識を傾けようとしている。

「……大丈夫か？」

こっそり話しかけると、江南さんは「へーき」とうなずき返す。

しかし、その状態も長くはつづかなかった。5分もしたところで、また江南さんの体が揺れはじめてしまう。そのたびになんとか立て直そうとしているが、時間の問題だ。

そのとき、江南さんの握っていたシャーペンが掌《てのひら》を逃れて机から落ちそうになる。

俺はあわててそれを拾うが、椅子や机が床にこすれる音が響いてしまう。

少しだけ注目を浴びてしまう。江南さんもやばいという表情を浮かべていた。

「……あまり騒がしくしないように。で、ここからが少し難しいのですが、本来であれば直訳でこういう意味になるところ、これについてはそうはならず――」

幸いなことにスルーしてくれた。

江南さんにペンを渡してやる。

「ありがとう」

さすがに目が覚めたようで、そこから先の江南さんは眠気と戦うことなく、無事に授業を乗り切ることができた。俺は、終了のチャイムのときに、ほっと胸をなでおろした。

＊　＊　＊

「ということがあったんだよね」

帰り道。西川と花咲と合流してから、今日の出来事について話した。江南さんはバツの悪そうな顔でそれを聞いている。

　西川が言った。

「梨沙ちゃんらしいといえばらしいかな。ま、なんにもなかったんならいいんじゃない？」

　明日は24日。クリスマスイブなので、街はクリスマス一色だった。

　大通りの店は飾りつけを行っていて、道行く人たちもどこか浮ついている雰囲気がある。駅前には巨大なツリーが飾られていた。サンタクロースの格好をした店員が、店先に出てきてチラシを配っている。

「そうだけど。あ、江南さん、後ろ」

「え？」

　ぼーっとしている江南さんの後ろには、一台の自転車。江南さんが避《よ》けると、そのまま横を通り過ぎて行った。花咲も心配そうにしている。

「なにかあったの？　江南さん……」

　江南さんは首を横に振る。ほどけてしまったマフラーを巻きなおしている。

「ちょっといろいろあって、疲れてるだけ。気にしないでいい。家に帰ったら、ゆっくり休むから……」

「ならいいけど……」

　家庭の事情による疲労もあるのかもしれない。そんなことをふと思ったが、それ以上深堀りすることはできなかった。

「クリスマスだね〜」

西川が、楽しそうに辺りを見渡している。

「なおっちとか、なんか予定あるの？」

「俺の場合は、家でやらなくちゃいけないことが結構あるな。ケーキは予約してあるから、当日にチキンを買ったり、他にもいろいろ作ろうかなって考えてる」

紗香には予約したケーキを取ってくる役、親父《おやじ》には買い出しを頼んである。大変そうではあるけれど、内心、俺も楽しみにしていた。

「そういうことね〜。なおっちはある意味さすがというか」

「あんまり褒められてる気がしないな」

無論、西川の質問は、もっと色気のあることを訊《き》いているのだと理解している。だが、そんなものは存在しないので、こういう回答にならざるをえない。

「しおちゃんは？」

「わたしも、大楠君と似たような感じかな。家族と一緒に過ごすと思う」

「へー。ほんとに〜？」

花咲はモテる。それは俺もよく知っている。

見た目は申し分ないし、なにより性格が穏やかで接しやすいからだ。過去に何度か告白されたことがあると聞いた。だから、そういう相手がいても不思議ではない。

駅に近づくにつれて、ますます煌《きら》びやかになっていく。デッキの屋根にはクリスマスリースがぶらさがっていて、柱には黄色い光を発する電飾が巻きつけられている。一部においては数秒ごとに色が変わり、日が沈みかけた街並みを鮮やかに彩っていた。

すぐ横を歩く花咲は、西川に困ったように微笑《ほほえ》み返し、それから俺と一瞬だけ目が合ってしまって、恥ずかしそうに目をそらした。

「あ、そうだ」

俺は、鞄《かばん》のなかをまさぐり、一冊の本を取り出した。それを花咲に手渡す。

「借りてた本、返す。ありがとう」

「あ、ごめん。わたしも忘れてた」

花咲も次の巻を渡してくれた。今日の夜にでも読んでおこう。

小説を鞄にしまい、もうすぐ駅舎のなかに入るというところで、後ろについてきていたはずの江南さんがいないことに気がついた。

「……あれ？」

西川と花咲も、俺の様子を見て状況を理解したようだった。

後ろに少し戻ってみると、江南さんがデッキの途中で立ち尽くしているのを発見した。

江南さんは、デッキの外の光景を眺めているようだった。

「……」

横顔。人工的な光が、江南さんの顔の表面を走っていた。その表情には、言葉では形容できない不思議な雰囲気が漂っていた。俺も江南さんの視線の先を追うが、特徴的なものは見当たらない。なにかを見つめているというよりも、中空をぼんやりと瞳に映している。

遠くからかすかにクリスマスソングが聞こえてきていた。デッキの下からだろう。にぎやかな空気にあてられながらも、そんな華やかさとは別のものをその身にまとって、薄暗い景色のなかに紛れ込んでいた。

俺たちの足音に、江南さんの顔がゆっくりとこちらに向いた。

そして、江南さんが首をかしげる。

「どうしたの？」

「それはこっちのセリフだけど」

ついてきていないことに気づいて、戻ってきたことを伝えた。江南さんは、「ごめんごめん」と笑って、俺たちと一緒にまた歩きはじめた。

——どうしたんだろ。

俺が思っている以上に、江南さんは疲れているのかもしれない。そこからはいつもの江南さんに戻ったので、そのままさっさと電車に乗って帰ったのだった。

5

次の日の冬期講習も、昨日とあまり変わらなかった。

江南さんは相変わらず眠そうだった。ときおりぼーっとしていて、授業中になにかやらかすんじゃないかとひやひやした。けれど、昨日よりは気合を入れてくれたのか、ペンを落としたり、体をゆらゆらさせたりするようなことはなかった。

西川・花咲と合流し、帰路につく。

クリスマスイブということもあって、それぞれ予定があるようだった。俺も、早く準備をしたかったので、寄り道もせずに帰宅した。

＊＊＊

「親父、そこの皿とってくれ。三人分」

「おお、うまそうなパエリアだな。ただ、エビはあらかじめ剝《む》いてくれたほうが助かるから、そこだけ残念だなぁ」

「それくらい自分でやれよ」

キッチンの調理スペースに置かれた大きめの皿に、なるべく等分になるようパエリアを盛りつけていく。海鮮の具材をベースに作った自信作だ。

すでに、食卓には様々な料理が並んでいる。ローストチキン、四色サラダ、パンプキンスープなどだ。いつもよりも華やかなメニューに、紗香も興奮している。

「めっちゃうまそう！　兄貴、今日だけは褒めてあげる」

「インスタに上げて自慢しても構わないぞ」

紗香はスマホのカメラで料理を写真に収めている。とはいえ、インスタにまで上げる気はないらしく、「調子乗らないで」と言われてしまった。でも、満足してくれたのならなによりだ。

「よし」

改めて、全体像をまじまじ眺める。ちゃんと用意した甲斐《かい》があったなと思う。ちょっと時間は遅くなってしまったけど、これだけのものを作ったなら誰も文句は言えないだろう。

俺も部屋からスマホを取ってきて、写真を撮っておいた。すると、親父が背後から覗《のぞ》いて、「映《ば》えるなー」と覚えたての若者用語をあえて使ってきた。

「俺も、ツイッターに上げておこうかな」

親父がそんなことを言う。俺も紗香も、苦い表情を浮かべるしかなかった。

「ツイッターに上げる？　あの痛いアカウント？」「やめてくれない？」

そんな「口撃」を受けた親父は、気まずそうに後ろの髪を掻《か》いた。

「痛い？　普通に今風で、楽しいアカウントだと思ってるんだけど？」

「ああうん。最近の若者の立場で言ってあげると、おじさんが無理した結果、空回りしている感じになってるからね」

「うそぉ……」

親父はショックを受けている。しかし、こんな忠告をしたところで大して変わらないだろう。過去にも同様のことを言ったことがあるが、何も変わらなかった。

扱いに困っていると、急に親父が顔を上げて言った。

「ま、いいや。それよりもさ、記念写真でも撮ろうじゃないか」

「記念写真？」

「そうだ。こういうときにちゃんとカメラに収めないと後悔するかもしれないからな」

「紗香、自撮り棒持ってたっけ？」

「一応……」

何年か前に、紗香が買っていたのを覚えている。紗香自身は、あまりＳＮＳの反応を気にするタイプじゃないが、友達との付き合いで買うことになったらしい。普段はほとんど使うことがなく、部屋の奥に眠っている。

いったん2階に上がって、自撮り棒を取ってきた紗香が嫌そうにそれを渡す。

「ほんとにわざわざそんなの撮るの？」

「まあまあいいじゃないか。顔も出るから、どこかに見せるわけじゃないよ。ただただ、俺が欲しくて撮りたいだけだ」

「それならいいけど」

紗香が親父に自撮り棒の使い方を説明する。スマホをホルダーに挟み、イヤホンジャックに端子を入れるだけでいいらしい。あとは、手元のスイッチを押すだけで、勝手にシャッターを押してくれる。

俺も使ったことはなかったので、勉強になった。

「じゃあ撮るぞ……」

慣れない手つきで、親父が自撮り棒を伸ばし、体を後ろに傾けながら画角を合わせる。

俺も紗香も、画面に映るように親父の横に立った。

「もう少し右」

「いや、ちょっと行き過ぎだな。あともう少し離したほうがいいか……」

手がぶれる。しばらくして、ようやくベストな形を見つけた親父が言った。

「3、2、1」

ボタンを押すのと同時に、画面のなかの俺たちが停止する。写真が撮れたのだ。

「よし。しかし、なかなか自撮り棒というのも面白いものだな。俺も買おうかな」

○○▽▽大楠パパ♡だよ☆☆◇◇

「親父《おやじ》が持つとろくなことがなさそうだからやめてくれ……」

料理が冷めるとまずいので、さっさと食べ始めることにした。俺が椅子に腰かけたところで、親父が右手を手前に傾ける動作をする。

「直哉、ビール飲んでもいいだろ？　一本だけだから」

「しょうがないな」

今日くらいは、あまり固いことを言わないでおいてやろう。とはいえ、飲ませすぎるとろくなことにならないので、そこだけは注意が必要だ。

ウキウキで冷蔵庫から缶ビールを取り、グラスになみなみ注いでいる。白い泡がグラスの上半分を覆っていた。全員が椅子に座ったところで、俺は言った。

「乾杯！」

俺と紗香はジュースが入ったコップを、親父はビールがこぼれそうになっているグラスを掲げた。待ってましたと言わんばかりに、紗香がパエリアを口に放り込んでいる。

「ああ、おいしー」

「あんまり急いで食べると……ああ、ほら言わんこっちゃない」

紗香の皿から一部のパエリアがこぼれてしまっている。紗香はあわててそれらをティッシュで拾い上げた。

「ほんと、子供みたいだな。あわてて食べなくても、全員に個別にわけてあるんだから、取られることはないんだぞ」

「うるさいな。わかってるよ」

子供扱いされたことにむっとしている。でも、子供なのだから仕方ない。

親父は親父で、エビの殻を剥くのに苦戦している。足の付け根のほうから剥くだけなのだけど、手先が不器用すぎて細かい破片が少しずつ剥がれているような状況だ。最悪、殻ごと食べることもできるのだが、それは嫌らしい。

ちなみに、中央に置かれたサラダはいまだに手つかずのままだった。他のメニューと比べて明らかに需要がないのがわかる。チキンやパエリアを前にすると手が進まないのかもしれないが、少しくらいは食べてもらいたい。

俺が「おい」とサラダを指さすと、紗香が渋々といった感じで食べはじめる。

ようやくエビの殻を剥きおわった親父は、俺の言葉を聞いていなかったようでがつがつとチキンにむしゃぶりついている。視線で訴えかけると目をそらされた。

「いやー、こんなできた息子を持って俺は幸せだな。いくらでも食べられる」

「なら、いくらでも食べてくれていいんだよ。サラダを」

「……わかってるよ」

親父もようやくサラダに箸を伸ばす。これでもいつもよりは少なめにしてあげているのだから、我慢してもらいたい。

「仕事ももうすぐ休みに入るし最高だぁ……。昼まで寝て、起きたら直哉が作った料理を食べて、また寝るだけの日々……。こたつも出したし、一日中だらだらするんだ」

「うちのこたつそんなに大きくないんだから、一人で占有するなよ……」

テレビのまえのこたつを見てそう言う。二人だけでも足と足がぶつかり合うことを避けられない。

「最近、上から無茶《むちゃ》な指令ばっかくるんだよなぁ。技術的にも金銭的にも足りてないのに、理想だけで進めるから結局頓挫することが目に見えてるのに、誰も文句を言えないし、やるしかないってのがなぁ……」

明らかに酔っている。耳まで赤くなっていた。グラスのビールはまだ半分ほど残っているが、酒に弱い親父にかかればこんなものだ。

「まったく、頭ゆるゆるのやつばっかで嫌になるぜ。げふっ」

親父のゲップに紗香が嫌そうに顔をしかめた。

「ねえ、わざわざビールにしなくても、ノンアルコールでも酔うんじゃないの？」

「その可能性はありそうだから、今度からそっちを買ってもらうようにするかな……」

ちなみに、ノンアルコールビールと言っても、アルコールが入っていないものばかりじゃない。含有率が1％を切っていれば、ノンアルコールと表記していいらしい。

「直哉も、あと数年もしたら、酒が飲めるようになるんだからな。俺の遺伝であれば間違いなく似たような感じになるから、俺のことをバカにできなくなるぞ」

「酒かぁ。ま、たぶん俺も弱いんだろうな……」

「兄貴と二人で酔っぱらっても、あたしは見捨てるからね」

とはいえ、飲めるようになったところで、俺はあんまり酒を飲まない気がする。

「でも、おまえだって俺と一つしか違わないんだからな。見た目も中身もなかなか成長しないけど」

「うっさい。最後は余計」

そうやって話している間に、料理は少しずつ減っていく。あれだけ難色を示されていたサラダも、気づけば空になっていた。それだけ俺の料理が好評だったと考えれば、ちょっと嬉《うれ》しくもなる。

……その一方で、親父の酔い方もひどくなるのだけど。

「あー。なおやー。もう一本、もう一本だけいいだろぉ……」

「その状態でなに言ってんの……？」

今の親父は、前に伏したまま、ろれつの回らない舌でわけのわからないことを繰り返している。この状態で二本目に突入したならば、マーライオン化が回避不可能になるので、絶対に渡すことはない。

「残念だな。親父はケーキ抜きかな……」

「なぬっ」

さすがにまずいと思ったのか、意識を保とうと上半身を持ち上げている。親父は甘いものが好きなので、今日のケーキをとても楽しみにしていた。

目を爛々《らんらん》と輝かせている姿を見て、さすがに与えないと暴れそうな気配がしたので、三人分ちゃんと用意することに決めた。

紗香が取ってきてくれたケーキは箱ごと冷蔵庫にしまってある。

食卓のうえの皿をシンクに運んでから、ケーキを取り出す。ホールケーキなので、包丁で適当な大きさに切って運んだ。

メリークリスマスと記載されたチョコプレートは、親父のケーキに刺しておいた。俺も紗香もこだわりはないのだが、親父はいつも欲しがる。

「あー、これだよこれ。うまい」

同感だ。俺も甘いもの自体は好きだ。

ただ、事前に食べ過ぎてしまったから、もう腹がいっぱいだった。もう一切れ食べることはできないなと思った。クリスマス、正月と立てつづけに太りそうなものを食べるイベントが来るので、少しは自制しないといけない。

「残りは、冷蔵庫の中に入れておくから、勝手に食べてくれ。ただし、一人で食べすぎないようにしてくれよ」

自分は食べ終わったので、片づけを開始する。大量の食器をスポンジでこすり、汚れを拭い去っていく。

「ほいほい。今日はいろいろありがとうな、直哉」

「別にいい。いつものことだし」

料理を作ること自体は結構好きだ。自分の作った料理を喜んでもらえることも、自分の料理に舌鼓を打つのも嫌いじゃない。

「――ところで、例の彼女はいいのか？」

あまりにも唐突だったから、自分に向けられた質問だということをすぐに理解できなかった。俺は、洗い終わった皿をひっくり返して水きりに置く。

「……彼女？」

「ほら、紗香がなんか言ってただろ」

「はぁ……」

江南さんのことだろう。前にも、彼女なんかではないと告げたが、わかってもらえなかった。改めて、その旨を伝えてみたものの、やはり親父に流されてしまう。

「直哉のことだから、俺たちに気を使わせないように隠しているのかもしれないけど、別に好きなようにしてくれていいんだぞ。高校生なんだから、それくらい健全だ。もちろん、あんまり行きすぎた付き合いをしているんであればいろいろ言いたいことはあるが、直哉だしそういうことはないだろ？」

「ホントのホントになにもないんだって。気を使うとかもないし」

しかし、親父はいぶかしむような目を向けている。なんでそんなに疑うのだろうか。

「でも直哉、たまにこっそり夜出て行ったりしてるじゃん」

俺は、驚いた。まさか、バレているとは思っていなかった。なるべく物音を立てないようにしていたつもりだった。

「会ってたんじゃないの？」

「いや、それは……」

うまい言い訳が出てこない。そればかりは事実だからだ。紗香までもが、フォークを口にくわえながら、追い打ちをかけてきた。

「……逢引《あいびき》？」

「違うって。いや、ちょっと呼び出されただけだから」

「え、ほんとにあの江南さんと会ってたの？」

……こういうことを指して、人は「墓穴を掘った」と表現する。

嘘《うそ》でごまかすには態度に出しすぎてしまったので、仕方なく「そうです」と認めた。

「俺の勘もバカにならないな。やっぱり、そうだろ？」

「確かに会ってたは会ってたんだけど、やましいことはなに一つないというか」

とはいえ、自分で話しながら、理屈が通らないことは自覚している。こっそり会っておいて、その人とは何の関係もないなんてなかなか伝わらないだろう。

「うわ……。ま、勝手にすればいいけど」

紗香から届く軽蔑のまなざしがつらい。もう、好きにしてくれと思った。

「まあまあ。直哉がそうするってことはやむにやまれぬ事情でもあったんだろ」

親父のフォローがありがたい。

「ただ、大事な彼女なんだから、無下に扱っちゃだめだぞ。ときには俺たちなんかよりも優先しなくちゃいけないことだってあるんだから。明日、もし一緒に出掛けるのなら、俺たちのことは気にせず、自由に遊んでくれ」

サムズアップ。やっぱり、この人なにもわかっていない……。

——江南さんのせいだ。

俺は心のなかで、こっそり江南さんに毒づいたのだった。

6

スマホがぶるるっと震えた。

午前11時くらい。予備校に行くまで、まだだいぶ時間がある。俺は、自分の部屋で勉強をしている最中だった。
デスクライトの手前に置いたスマホを手に取ると、メッセージアプリの通知が届いていた。フリックして詳細を確認する。
梨沙：ちょっと困ったことになったかも
江南さんからだった。どうやら、急を要している様子なので、慌てて返す。
大楠　直哉：どうした？
梨沙：テキストなくしたかもしれない
予想外のことだった。俺はとっさに色んな解決法を頭にめぐらせる。
大楠　直哉：それならそれで、対処法はいくらでもあるよ。事前に俺がコピーを取って渡すとか、そこまでしなくても、予備校で話せば貸してもらえる可能性も高いし。一応、探してみたほうがいいと思うけど
うろ覚えだが、予備校に予備のテキストがあったような気がする。
梨沙：あー、そうなんだ。じゃ、あんまり気にしなくていいか
江南さんも俺の返信で落ち着いたようだ。
しかし、なくすなんて珍しいな。鞄《かばん》に入れたままであれば、なくしようもない。
大楠　直哉：昨日、ちゃんと持って帰ってる？
梨沙：わからない

もしかしたら、机のなかに置きっぱなしということも十分に考えられる。その場合、基本的に誰かの手によって回収されるので、相談すれば返却してもらえるかもしれない。
梨沙：今日の分の予習やろうとしたら見つからなかった。家に帰ってから一度も見てないから、あんたの言う通りかも
大楠　直哉：なるほど、じゃあその可能性は高そうだな
梨沙：ありがとう
そこでメッセージのやりとりは止まった。昨日の江南さんは、いつもよりもさらに心ここにあらずという感じだった。今後は俺も気にしてあげたほうがいいかもしれない。

＊　＊　＊

江南さんは駅近くのコンビニの前に立っていた。

まだ、今日の講習が始まる30分くらい前。江南さんに近づいて、声をかけた。

「待たせてごめん」

「そんなのはいい。来てくれてありがとう」

あのあと、またメッセージアプリで江南さんから連絡があった。電話で予備校に確認したところ、紛失物として届けられていないうえ、貸すための予備も残っていないということ

とだった。それで、俺に助けを求めてきたわけだ。

江南さんは、耳栓型のワイヤレスイヤホンを外す。どうやら、またなにか音楽を聴いていたらしい。漏れ聞こえてきた感じだと、結構激しめのバンドのようだった。

「ああ、これ？」

スマホをいじり、音楽を止めたあと江南さんが画面を見せてきた。正直知らないバンドだ。曲名を見てもピンとこない。

「洋楽？」

「聞いてみる？」

江南さんのイヤホンの片方を耳に突っ込まれた。江南さん、あんまりこういうことに抵抗ないんだな、と思いつつ、俺も特にないのでそのまま聴くことにした。

エレキギターの音。それから、スネアドラムが繰り返し叩《たた》かれて、ベースの音が合わさっていく。やがて、ボーカルの声がその波に乗る。音の奔流に飲み込まれる。

俺が普段聴いている曲よりも、バックの演奏に迫力がある。有名な曲以外、洋楽を聴かないので聴き覚えもなかった。

すぐに、江南さんにイヤホンを返す。

「なんか、俺にはよくわからないな。そもそも、音楽自体そんなに聴かないから。結構有名なアーティストなの？」

「どうなんだろ。わたしも詳しいわけじゃないから」

「……好きだから、洋楽聴いてるんじゃないの？」

「好きは好きなんだけど。たまたま目についた曲をダウンロードして聴いてるだけ。これもその一つ。だから、このバンドがどんな人たちで構成されていて、普段どんな曲を演奏しているかも知らない」

「へー。なんか変わってるね」

スマホをポケットにしまった江南さんは、コンビニの中に入っていった。

今日ここで待ち合わせした理由は、江南さんにテキストのコピーを渡すためだ。うちにも一応コピー機はあるのだけど、インクが切れていたから面倒くさくなってコンビニを使うことにした。

事前に予備校にも伝えてあるらしいから、コピーのテキストを使っても文句を言われることはないだろう。江南さんがお金を入れ、俺がコピー機を操作し、今日明日の範囲をすべて印刷した。

「これで全部かな？」

ペラペラとページをめくるが、他に必要そうな箇所は特に見つからなかった。

「復習もするんなら、全部コピッておいたほうがいいかもしれないけど、どうする？」

しかし、江南さんは首を横に振った。

「そこまではいい。復習までするほど真面目じゃないし」

冬期講習のテキストをわざわざ復習することはあんまりないよな、と思った。

「いろいろやってくれたから、なんかおごる。コーヒーとか」

「さすがにそこまではいいよ。大したことじゃないし」

「遠慮しなくていいって。どうせわたしも買うし」

押し切られてしまった。江南さんは、レジで二人分の注文をし、二つのカップを持ってきた。慣れた手つきでサーバーのボタンを押し、ホットコーヒーを注いだ。リッドをかぶせて、俺に渡してくれる。

「……どうも」

「そういや、あんたって砂糖とか入れないとダメなんだっけ？　それは自分でやって」

「ほんとにいいの？　おごってもらって」

「しつこい」

ちなみに、本当にブラックがダメなので、砂糖やミルクを入れてかき混ぜた。湯気が鼻のあたりに漂って、心地よい香りを発している。

二人そろってコンビニの外に出た。飲み口からコーヒーを流し込むと、冷え込んだ体に染みてとてもおいしく感じられた。

江南さんもコンビニの駐車場に立って、ちびちびとコーヒーをすすっている。

「さっむい」

両手でカップを持っている。息が白く濁っていた。

横並びで立つ俺たちは、同じように前方に体を向けていた。駐車場の外の歩道には、コートを羽織った人たちが無数に通り過ぎていく。葉を落としきった木々がほぼ等間隔に並んで、寂しそうに風に揺られていた。

指先に痛みがある。どうやら、右手の人差し指の爪から少し血が出ているようだった。親指でそれをこすっていると、江南さんが言った。

「わたし、クリスマスって嫌いなんだよね」

唐突だった。

今日は25日。うちは昨日祝ったけれど、今日祝う人も大勢いるだろう。いつもよりも人通りが多いのは、買い出しに出かけたり、恋人同士で遊んだりする人がいるからだ。コンビニの正面にも飾りつけがあるし、今持っているカップもクリスマス仕様のものになっていた。

「そうなんだ。なんで？」

「だって、なにを祝えばいいかわからない」

「一応、キリストの生誕祭という扱いらしい。俺も詳しくは知らないけど」

とはいえ、江南さんの言っている意味はそういうことじゃない。結局、大勢の人はなにを祝うべきか考えながらクリスマスを過ごしているわけではない。

「祝いたいわけでもないのに、祝うのって心がついていかない」

「結局、あくまでイベントだからな」

祝うというより、羽目を外す口実や特殊なことを行う理由付けという役割のほうが大きいだろう。街を彩る光景が特別感を演出し、気分を高揚させてくれる。

そこに大した意味があってもなくても同じことだ。

「クリスマスだからってなにかいいことが起こるわけじゃない。誰かがそう思い込んだところで、全然関係のない形でいろんなことが起こるし。わざわざ、みんな同じタイミングで歩調を合わせる必要なんてないでしょ」

珍しく江南さんが饒舌《じょうぜつ》だった。テキストをなくしてイラついているのかもしれない。

「別に、クリスマスだろうがなんだろうが、あんまり興味がない人は普通に過ごせばいいんじゃないかな」

「……面白くない」

「でも、実際そうだろ？」

江南さんもそこについては否定しない。結局、こんなのはただの愚痴で、共感してもらいたいだけなんだろう。

「コーヒー代、返してもらおうかな」

「なんだ。愚痴を聞いてもらうための代金だったのか」

「生意気。そんなことしてもらうためにお金を払うようなやわい人間じゃない」

「冗談だよ。江南さんがそうだったら、たいていの人間はミジンコみたいなものだし」

江南さんは、コートのポケットに左手を突っ込んだ。

「なにそれ。わたしのことなんだと思ってるの？」

「めちゃくちゃ怖い人だと思ってるよ」

ち、と江南さんが舌打ちをした。そういうところなんだよな、と苦笑いする。

「みんながビビりすぎなだけでしょ。ムカつくことがあればキレるけど、そうじゃなければ普通に接するようにしてるし」

確かに、江南さんは以前よりも物腰が柔らかくなった。しかし、相対的な話なので一般的な評価で言えばまだまだ怖い部類に入る。そもそも、見た目が見た目なので、無言でいるだけでも相当なプレッシャーがある。

「あんた、まだ怖がってるの？」

「江南さんは、結局のところよくわからないから、そういう次元じゃないな。でも、今はそんなに怖いとは思っていないよ」

「ふうん」

江南さんは、視線を反対側にずらす。ずっずっとコーヒーを飲む音だけが響いている。

「まだクリスマスは終わってないんだから、もしやりたいことがあるんならやればいいんじゃないかな。ケーキ買って食べるとか」

「……別に甘いものが好きなわけじゃないし。てか、やりたいこともない」

「昨日はバイト？」

「さすがにしてない。だいたい忙しいから、出てもいいことない」

「なるほど」

コーヒーのサイズ、もう一回り小さくても良かったんじゃないだろうか。ちびちび飲んでいたけれど、まだ半分程度残っている。江南さんも似たような感じらしい。

でも、あえて二人分のコーヒーを注文したのは、こうやって話す時間を作るためなんじゃないかという気がした。

遠回しながら、自分のことを話してくれている。ただ、それは条件付きで、開けっぴろげにしてくれるわけではない。一定のラインを守って、少しだけ門戸を開いている。これこそが江南さんにとっての最大限の友好なのかもしれなかった。

——西川とはどうなんだろ。

江南さんと西川はよく一緒にいる。その関係も限定的なものなのだろうか。

「あんたは、クリスマス好きなの？」

その言葉にうまい返しが見つからなかった。

楽しいと思う。昨日もそうだった。豪勢な料理を作って、家族と過ごした。でもそれは、クリスマスだからなのかと言われると首をかしげてしまう。豪勢な料理を作ること自体はいつでもできる。家族と過ごすことも同様だ。もはやうちにサンタなんか来ないし、クリスマス特有のことをしているわけでもない。

だから、迷った挙句、こう言った。

「普通、かな。江南さんみたいに嫌っていない」

「あ、そ」

「やることは多くて大変だけどね。うちには、ずぼらな人間しかいないから」

そこも含めて、いつものことだ。結局、日常の延長線でしかない。そういう意味では、江南さんの言うように何かが起こっているわけではない。

「知らないけど、みんな似たようなもんじゃない？」

「ま、そうかも」

純粋にサンタクロースを信じられたころは、もっと夢を見ていられるのかもしれない。でも、高校生になった今では、特別な感情も起こりにくくなってきている。

自動ドアから客が出てくる。俺たちの横を通り過ぎて、駐車場に駐《と》めてあるセダン車に乗り込み、道路へと走っていった。

江南さんは、手に持ったカップを一気に傾けて、残りを全部喉に流し込んだ。それからコンビニに設置してあるゴミ箱に放り込む。俺の方を振り向いて、江南さんがいたずらっぽく笑った。

「それ、クリスマスプレゼントね」

俺も、全部飲みきろうと口をつけたところだった。

――なんだそれ。

とはいえ、クリスマス仕様のカップだし、それっぽいといえばそれっぽい。

ふーっと大きく息を吐いてから一気に飲み干して、「メリークリスマス」とつぶやいた。

江南さんも「メリークリスマス」と嫌味ったらしく言った。

7

しかし、クリスマスに予備校に来て、授業を受けてる俺はなんなんだろう。教えてる先生も休みたいだろうし、こんなことは世のため人のためではない。ガリ勉の俺でさえ疑問に思うわけだから、他の受講生たちはさらにそう思うんじゃないだろうか。

ちなみに、予備校自体はあまりクリスマスの雰囲気がなかった。ツリーが飾ってあるが、義務的な感じがする。過剰な装飾は目に毒だと判断したのかもしれない。

「ね、大楠君」

声がかけられたとき、俺は、予備校のなかで椅子に座ってくつろいでいた。授業のあと、帰ろうとしたところで小雨が降りはじめたので、ちょっと待ってみることにしたのだ。空模様は悪くなく日差しが雲間からのぞいているので、通り雨だろうと勝手に推測していた。

花咲は、俺の隣に腰かけて、こちらに笑顔を向けていた。

「このキャラクター結構可愛《かわい》いよね？」

「ん？」

正直、話を聞いていなかった。どうやら、花咲がスマホで写真を表示しているようだ。そこには、謎の生命体がいた。

「なんだこれ。タコ、のように見えなくもないけど、なんか足がいっぱいあるね」

「最近話題になってるの。ツイッターで誰かが公開してバズったんだって。わたしもね、初めて見たときにいいなって思ったんだけど、大楠君もそう思わない？」

「ええと、正直、ちょっと気持ち悪いかも……」

すると、花咲ががっくりと肩を落としてしまった。

反対側に座る江南さんと西川は、俺と同じ意見らしく、小さく首を縦に動かした。

「バズってるのはわたしも見たけど、わたしの趣味には合わないかな〜」

「でも、この目とか可愛くないかな？　つぶれてガラの悪そうな感じが……」

「キモ可愛い的なやつ、わたしにはあんまり理解できなくてさー。なんかやたらと眉毛太いし、意味もなくリアルだし、嫌悪感のほうが勝っちゃうというか」

「うー。でも、ツイッターでも賛否両論だったから、そう思う人も多いよね」

「もしかしたら、うちの妹は好きかもしれないな。なんかよくわからない形状のぬいぐるみをいくつか持っていたし、そういうのが好きでもおかしくない」

「あ、そうなの。そんな妹ちゃんなら、わたしも会ってみたい。確か、うちの学校に通ってるんじゃなかったっけ」

「そう。今、一年。だから、会おうと思えばいつでも会えるんじゃないかな」

西川は、口をすぼめて、ほぉと息を吐きだした。

「なおっちって妹いたんだね。梨沙ちゃん知ってた？」

「知ってる」

なんでもないように江南さんはそう返した。だが、俺にとっては意外だった。ぶっちゃけ、話した覚えはない。でも、俺の過去と同じようになんらかの形で知ったのかもしれない。

「えー、どんな妹なの？」

「かなり外面はいいな。家の中じゃあんまり人に言えない惨状だけど、表向きはかなりまともそうに振舞ってるな。いつかボロが出てもおかしくないと思ってる」

「みんな似たようなものでしょー。写真とかないの？」

「まぁ……」

昨日、料理を撮ったついでに全員の写真をカメラに収めたことを思い出した。その写真を見せてやると、花咲も西川も同じことを言った。

「『可愛い！』」

さっきのタコもどきと違い、見解は合致しているようだった。

俺もそれは認める。見た目だけで言えば、悪くない妹なのだ。ただ残念ながら、すごくずぼらで、未《いま》だに子供っぽさが抜けない。

「大楠君の妹ちゃん、こんなに可愛かったんだ……。あと、料理すごいね……」

「……あんたが作ったの」

俺の料理も一緒に写りこんでしまっていた。江南さんの疑問に、俺は「まぁ」と言った。

西川が、くりくりの目をさらに丸くする。

「え？　これ全部？」

「まぁ……」

「そのパエリアも？　スープも？」

「まぁ……そうだね」

あんまり見られるのは恥ずかしい。すごいすごいという声が耳に入ってくるが、写真を早く閉じたいということしか考えられなかった。

「あのあと、帰ってからこれだけの料理を作ったんだ……。わたしも、大楠君に追いつくためにもっと頑張らなきゃ」

「花咲だって十分に料理うまくなってるだろ。たまたまうまくいっただけだから、あんまり過大評価しないでくれ」

ポケットにスマホをしまう。

窓には細かい水滴がへばりついていた。まだ、天候に大きな変化はない。

今座っているのは、1階の休憩スペースのようなところだ。三つほどテーブルがあり、窓際には横一列に椅子が並べられ、少し外れたところに自動販売機も設置されている。ただし、勉強をしている予備校生もいるので、あまり大きな声で話すわけにもいかない。

俺が周囲を気にする素振りを見せると、三人ともいったん声を潜めてくれた。

「見てる人いた。ごめんごめん」

西川が、ささやき声で言う。とはいえ、三人ともそこまで声が大きかったわけじゃない。もしかしたら、別の意味で注目されていたのかもしれない。

よく考えなくとも、一緒にいるのが憚《はばか》られるほどのメンバーだ。

江南さんはもちろんのこと、西川と花咲も比較的目立つ容姿だと思う。うちの学校の生徒に見られたら、また噂《うわさ》の種になるのだろうか。

「今日の天気予報、雨なんて言ってなかったよねー。傘なんか持ってないっての」

　だからといって、全員が全員傘を持っていないとは思わなかった。

　入り口付近に、俺たちと同じように雨が止《や》むのを待っている人がいる。早い者勝ちで先に座れたからいいものの、座れずに立ち往生している受講生も多い。ただ、大したことはない雨なので、そのまま走って行ってしまうやつもいるようだった。

「あ」

　そこで俺は思い至った。

　洗濯物、干しっぱなしだ。あわててスマホでメッセージを送る。家族のグループチャットがあるので、そこに『洗濯物取り込んで！　今すぐ』と書いた。

「はぁ……これまた干しなおさないといけないか」

「大楠君？　あ、もしかして、洗濯物？」

「そう」

　完全に失念していた。天気予報では晴れだったから、心配の必要はないと油断していた。

「たぶん、局所的な雨じゃないかな、って気はする。もしかしたら、大楠君のところは雨降ってないってこともありえると思う」

「そうだったらいいんだけどな。あ、返信来た」

　親父《おやじ》からだった。
○○▽▽大楠パパ♡だよ☆☆◇◇：雨降ったときにちゃんと取り込んでおいたゾ♪♪

……あーきっつ。

これもまた失念していた。親父のネームセンスのなさと、こういうメッセージのときの気持ち悪さについてだ。あろうことか、人に見える形でメッセージを確認してしまったので、三人に見事に引かれていた。

「面白いお父さん、だね……ごめんね勝手に見ちゃって」

「違うんだ。うちの親父は、感覚が若いということをアピールしたくて、無理してこういうのを使ってるんだ。本人は、そんなに痛い人ではないんだ」

「うん……」

説得力というものの重要性を味わった。

俺は、簡潔に『ありがとう』とだけ返して、またスマホをポケットに入れた。

「洗濯物は無事みたいだ」

紗香と違い、あんまり表に出せる人間じゃない。親父は職場でどういう扱いなのか心配でならない。

「なおっちは、家でもクラス委員みたいだね～。来年、もし同じクラスになったらなおっちのことを推薦しておくよ」

「やめてくれ……。まぁ、来年もやるかもしれないけど」

他の学校はどうか知らないが、うちの学校のクラス委員はほぼ雑用係だ。そういう意味で言うと、家でも学校でもクラス委員というのはあながち間違っていない。

「クラス委員じゃなくて、生徒会でもいいんじゃない？　ほら、３学期の初めに選挙やるんじゃなかったっけ？」

「生徒会は、ね。俺みたいな大人しいやつじゃなくて、もっと声の大きいやつがやったほうがいいでしょ。それに、そこまでするのはさすがに面倒くさい」

　推薦を狙っているならいざ知らず、内申点にもこだわっていない。生徒会に入る最大のメリットがそれなのだから、俺がやるのはよくない。

「なおっちなら、結構いいところまで行くと思うんだけどねー」

「そもそも人前に立って話すのあんまり得意じゃないからやりたくない。西川こそやってみたらどうなんだ？」

「えー、絶対無理」

　だろうな、と思った。毎年、立候補するのは一人、二人程度らしいし、去年に至っては信任不信任を選択するだけで終わってしまった。

「しおちゃんも行けるんじゃない？」

「わたしも、大楠君と同じかな……。人前で話すのはちょっと怖い」

「梨沙ちゃんは……さすがにないな」

江南さんは、薄開きの目で西川を見て、ふっと鼻で笑った。

「もしわたしがなったら、確実になにもしない。マニフェストでもそう言う」

「不信任になることを祈るばかりだな……」

とはいえ、江南さんが立候補することは未来永劫《みらいえいごう》ありえない。そんなことになったら先生がぶっ倒れてしまう。

時計を見ると、授業が終わってから20分近くが経過していた。おそらく、最低でも15分は雨が降りつづけている。このままつづくようだったら、他の手段を考えたほうがいいのかもしれない。

そのとき、西川が言った。

「梨沙ちゃん、大丈夫？　どっか痛むの？」

江南さんの長いまつげが上下する。虚をつかれたような感じで、言葉に詰まっていた。

「そんなことはない」

「そう？　ほんとに？」

確かに、さっきから江南さんの口数が少なかった。べらべらしゃべるタイプではないのだけど、普段であればもっと話していたはずだ。西川が定期的に江南さんに振っていたのは、そこを心配していたからなのかもしれない。

「江南さん、クリスマス嫌いなんだって」

ギロッと一瞬睨《にら》まれたが、すぐにか細い吐息に変わっていった。

「うるさいな」

「梨沙ちゃんは、割とそんな感じだよね〜。クリスマスの空気にあてられたの？」

「ま、そんなところかな」

本気かどうかもよくわからない感じで、冗談めかしてそう言った。

「予備校までクリスマスを祝う必要はないのにね。他の連中も浮かれてそうだし」

このあと、どこか遊びに行く人もいるのだろう。俺たちは声を抑えているが、少し大きな声ではしゃいでいるやつらもいた。街も人でにぎわってそうだ。紗香も今日は出かけると言っていたから、そのなかに紛れていてもおかしくない。

急に江南さんが立ち上がる。どうしたんだろうと思っていると、

「帰る」

と言い出した。

教材やノートを入れたショルダーバッグを肩にかけ、「じゃ」という簡素な一言とともに歩き始めてしまった。

「え？　ちょっ……」

あまりにも突然だった。しかも、外はまだ雨が降っている。

入り口付近で固まっている人だかりを押しのけて、傘を持たないまま自動ドアから出て行ってしまった。

「どうしよ……」

西川が困惑している。近くにコンビニもないので、すぐに傘を買うことができない。江南さんみたいに、濡《ぬ》れるのを覚悟で行く人もいるけど、江南さんは走ってる様子すらない。

（わたし、クリスマスって嫌いなんだよね）

急にその言葉を発したときの江南さんの表情が浮かんだ。なにか、クリスマスに嫌な記憶でもあるんだろうか。

間違いなく、様子がおかしい。いつもの江南さんとは違う。ただ、それでも、江南さんは口には出さず、自分のなかに隠そうとしている。

それならそれでいい。もしかしたら、単純に早く帰りたかっただけかもしれない。

ただ、それでも俺は江南さんが出て行ったほうから目を離せないでいた。

どうして、そんなに気になるのか、自分自身でもわからなかった。

俺の体は勝手に動いていた。

「ごめん、ちょっと俺、行ってくる」

西川や花咲の反応を待たず、俺は外に飛び出した。

細かい雨粒が顔に当たる。冷たい風と一緒に、胸より上に絡みついてくる。

傘をさしている人とそうでない人が半々くらい。歩道にはたくさんの人が歩いているため、すぐに江南さんを見つけることはできない。駅の方角に向かって、小走りで進んでいく。

なにをしているんだろう、と思う。

それは、江南さんに対してだけではなく自分自身に対する感想でもあった。

別に、一人で帰りたいなら帰らせればいい。俺には関係のないことだ。そんなに大降りでもないし大した問題でもない。俺まで雨に濡れながら、わざわざ江南さんを追いかける必要はない。仮に見つけたところで、できることもない。

にもかかわらず、俺は懸命に足を進めて、首を回して江南さんを探し、予備校から数十メートル離れた場所で江南さんを見つけたときにほっと胸をなでおろしてしまった。

「江南さん！」

俺の声に、江南さんが立ち止まった。ゆっくりと俺のほうを向く。

不思議な表情だった。顔色が仄《ほの》かに青白くなっている。怒ったように眉間にしわを寄せていたが、口元は落ち着きがなく金魚みたいにぱくぱくと動かしていた。薄開きになったまぶたを持ち上げて、頬《ほお》が締まるのと同時に、忙《せわ》しない口も引き結ばれた。少し濡れた前髪を横にずらした江南さんは、足をわずかに開く。

「……どうしたの？」

「……」

本当にどうしたんだろう。急に我に返ったような感覚が俺を襲った。

とはいえ、それは江南さんだって同じだ。そのまま言葉を返してやりたい気分に襲われたけれど、江南さんの場合は「なんとなく」で通用するほど無鉄砲な人間性だ。対して俺は、そこまでの無茶《むちゃ》はできない。

「あ、いや、えーと」

目が泳ぐ。脳裏で必死に言い訳を探すが、なかなか見つからない。

「その、これは衝動的なものというか、あまりにも突然すぎて、考えるよりも先に体が動いてしまっただけというか……」

「……」

狐《きつね》につままれたような表情に変わっていく。

どうやら、言っている意味が理解できないらしい。俺も理解できないのだから当然だ。

「ほら、膝の下を叩《たた》かれると、足が上がっちゃうやつあるだろ。脚気《かっけ》の検査。あれと一緒で、自分の意思とは無関係に反応しただけなんだ。だから、それほど大した理由があるわけじゃないし、あんまり理由を聞かれても困る、ってことだ」

ダメだな、言えば言うほどめちゃくちゃになってる。

諦めて口をつぐんだ。江南さんは、しばらく呆気《あっけ》に取られている様子だったが、次第に肩を揺らしはじめ、やがてクスッと噴き出すように笑った。さっきまでの複雑な表情は消え去り、学校で見るときのようないつもの江南さんに戻っている。

俺がずっと黙り込んでいると、江南さんが言った。

「なんなの？　そっちがわざわざ追いかけて話しかけてきたんでしょ」

「そう、なんだけどさ……」

江南さんの笑顔に、俺は安堵《あんど》していた。コンビニの前で、あんな話を聞かされてしまったからだ。言葉にはしなかったが、今になって追いかけた理由が理解できた気がした。

目をきょろきょろさせて、江南さんが言う。

「西川と花咲は？」

「二人とも、まだ予備校に残ったままだと思う。俺だけ追いかけてきちゃったから」

「ふぅん……」

江南さんが首を傾《かし》げた。

「ストーカー？」

「人聞きが悪いからやめてくれ……。江南さんが急に出て行ったから、気になっただけだ」

「心配したの？」

なんとなく、それだけのために追いかけたと思われるのが恥ずかしかった。だから、言い訳を模索しつづけた俺の頭が一つの結論を見出《みいだ》した。

「それだけじゃない」

俺は鞄《かばん》の小さなポケットを開けた。予備校にも、学校で使用しているのと同じ鞄を持ってきている。だから、そこにそれがあった。

目的の物をつかむと、それを江南さんに向かって放り投げる。霧雨のなかを突っ切り、緩やかな放物線を描いて、江南さんの手元まで落ちた。

うまい具合に、江南さんがそれをつかむ。

そして、掌《てのひら》を広げた。

「飴《あめ》？」

「ああ」

いつぞやにもらったままになっていたもの。こんなものくらいしか持っていなかった。霧雨が目に入りそうになり、とっさに瞬《まばた》きをしてごまかす。俺は言った。

「お返し」

「ああ、コーヒーの」

江南さんは包装をまじまじ観察している。正直、なんの味かも覚えていなかった。

つづけて、江南さんが言う。

「すだち……。あんまりおいしくなさそう」

しょせん、職員室に置かれていたものだし安物だろう。高い飴だったなら、城山《しろやま》先生も俺たちに渡そうとしなかったに違いない。だから、そのこと自体を否定することはできなかった。

　まだ、江南さんの口は止まらない。

「それに、値段釣りあってないよね」

「文句ばっかだな」

「だって、こんなの急に渡されても、ねぇ」

「うっ……」

　思い付きの行動。逆に江南さんの立場になったら困惑してしまうかもしれない。

「あんた、飴好きだっけ？」

「そういうわけじゃないけど」

「じゃ、要らないものを押しつけられてるのと一緒じゃん」

「そういうつもりでもないけど」

　俺は江南さんに手を差し出した。

「要らないならいいよ。返して」

　しかし、文句ばかりの態度とは裏腹に、江南さんはその飴を返そうとはしなかった。そのまま飴をコートのポケットにしまう。

「いちいち返すのもアレだから、わたしがもらっておく」

「……そう」

　腕を下ろす。初めから素直にそう言ってくれればいいものを。

「たぶん、こんなに安いクリスマスプレゼントはないんじゃない？　あんたらしいけど」

「俺らしいってなんだよ」

「さぁ」

でも、そんな江南さんの声を聞いて、渡してよかったなと思った。

「こんなことのために、わざわざ来たんだ？」

江南さんのポケットのなかで、飴の包装がくしゃりと音を立てた。

「プレゼントをもらったら、ちゃんとお返ししないと気が済まないからな」

「なにそれ」

謎の理屈だと自覚している。もらったものはコーヒーだし、コピーのお礼も兼ねていた。ただ、なんとなく行動したことに理由をつけただけだ。

「ありがとね」

俺とは異なり、江南さんの感情を表情から読み取ることは難しい。さっきからずっと表情に大きな変化はなく、すました顔で淡々と声を発するだけだった。それでも場の空気感が俺の選択は間違いではないと告げている。

「止《や》んでる」

江南さんと同じように手を前に出すと、さっきまで降り注いでいた雨の感触がない。周囲を歩く人たちも傘を閉じはじめていた。

「帰る？」

俺はうなずいた。

江南さんが前を向くのに合わせて、俺も足を進める。街は相変わらずのクリスマス模様で江南さんの嫌いな光景が広がっている。それでも、さっきよりもほんの少しだけ、その光景が明るくなったように感じられた。

第三章　新年

1

「うるさいな」

江南《えなみ》さんは、カフェラテをかき混ぜながらそう言った。

夕暮れのファミレス。夕日が当たる位置にいるせいで、ブラインドの隙間からときおりまぶしい光が刺さった。

江南さんがつづける。

「そんなんじゃない」

俺も江南さんに同調するようにうなずいた。しかし、前に座る西川《にしかわ》は、嘘《うそ》だと言わんばかりに前のめりになった。それから、控えめにテーブルを叩く。

「怪しい！　信じられない」

困ったな。そう思っていると、今度は隣の花咲《はなさき》がこう言った。

「大楠《おおくす》君。わたしは大丈夫だから、本当のこと言ってほしい」

花咲の笑顔が怖かった。本当のことをさっきからずっと話しているのに、なんでこんな状況に追いやられなければならないのだろう。

「バカみたい……」

江南さんから、長い長いため息が漏れた。

＊＊＊

時は20分ほど前にさかのぼる。

今日の授業が終わり、いつも集まる1階に江南さんと二人で降りた。適当に雑談しながら歩いていると、先に授業が終わったらしい花咲と西川が待っていた。

「よう、結構早かったん――」

言い切る前に二人がずかずかと歩み寄ってきて、ものすごい形相で尋ねてきた。

「昨日のはどういうこと⁉」「やっぱりそういうことなの⁉」

俺は、頭を抱えた。

実は、前日にも同様の質問をされていた。帰ってきたあとに、スマホにメッセージが届いたのだ。どうやら、江南さんが先に帰り、そのあと俺がつづいたことを邪推したらしい。

クリスマスだったことが災いして、二人きりでなにかしていたのではと質問攻めにあったのだった。

これも、その延長線上だろう。

「二人とも、わたしに隠してることあるよね〜」

西川が、もみ手しながらそう迫ってくる。後ずさりながら、俺は答えた。

「ない。昨日もそう伝えたでしょ」

「大楠君、わたし、大丈夫だから」

なにが大丈夫なのかよくわからない。そのときの花咲は、頬《ほお》だけで笑い、死んだような目で俺に問いかけていた。

江南さんは面倒くさそうに舌打ちした。

「あんたたち、勘違いしてない？」

人の思い込みというのは恐ろしいもので、俺たちがどれだけ否定しようと話は平行線をたどる一方だった。業を煮やした西川が最終的にこう言った。

「そこまで頑《かたく》ななら、ゆっくり話し合おう。無事、講習も終わったし、簡単に打ち上げでもしよう！」

そうして、打ち上げという名の詰問会が始まったのだった……。

＊　＊　＊

……そんなこんなで、今に至る。

四人掛けのテーブル席。俺の横には花咲が座っていて、反対側に西川と江南さんが並んでいる。クリスマスが終わり、店内の飾りつけは一掃されているようだ。ツリーやリースはどこにもない。いつも思うけれど、クリスマスのあとに大晦日《おおみそか》や元旦が来るのは、なかなか忙《せわ》しない。西洋風のイベントが終わった矢先に、和風の飾りつけが街を彩るようになる。気持ちの切り替えがなかなかうまくいかないよな、と感じてしまう。

「なおっち、聞いてる？」

と、現実逃避できょろきょろしていたら、西川に苦言を呈されてしまった。

「聞いてるよ。だから、俺たちの話ももう少し聞いてもらいたいんだよね」

「あのあと、しおちゃんと話したんだよ。よく考えたら、二人の行動がおかしい。なんでわざわざわたしたちを置き去りにするように勝手に出て行ったんだろうって。で、最終的な結論として、やっぱり逢引《あいびき》のためじゃないかってなったの」

「ああ、うん。だから全部妄想で、現実はそんなこと一切ない」

「本当か〜？」

困ってしまう。俺の言っていることに嘘は一つもない。

実際、俺と江南さんは一緒に帰ったけれど、特に何事もなく10分程度で別れたのだ。そのあと、また会うこともなかったし、スマホでメッセージのやりとりもしていない。

確かに、昨日の行動は軽率だったかもしれない。衝動的だったから、そのあと二人にどう思われるかというところまでは考慮していなかった。

悪魔の証明というやつで、なにもないことを証明することは非常に困難だ。結局のところ信じてもらうより他に手段がない。

「そもそも、二人が同じ講習を受けてること自体が怪しいんだよね～」

発端はやはりそこなんだろう。もともと疑いの芽があったところに、新たな材料を与えてしまったことになる。けれど、そこも以前に説明した以上に話せることがない。

困り果てていると、花咲が俺の袖をつまんできた。

「わ、わたしは邪魔したりとか、しないから、うん。だから、うん、いいんだよ」

「花咲……。なんでそんなに目が泳いでるんだ……」

漫画で例えるのであれば、目に渦巻き模様が描かれているような状態だ。

「何度でも言うけど、俺はすぐに帰ったんだぞ。晩ご飯を作らなくちゃいけなかったし、もちろん勉強だってしてた。ふらふら遊び歩くほど暇じゃないんだ」

「梨沙《りさ》ちゃんは……？」

「……はぁ。だから、さっさと帰りたいから帰った。で、それがなに？」

「うーん」

江南さんは、うんざりした様子だった。気持ちはとてもわかる。

「クリスマスだよ？　恋人同士でいちゃいちゃしまくるのが目的みたいな日だよ？　そんな日に、急に二人でどっか行っちゃったんだよ？」

「まず、西川。話を整理しようか」

俺は、コーンスープを一口飲み込んで、下に向かってふーっと息を吐いた。

「そもそも、恋人同士なわけがないだろ。江南さんだぞ。もう一度言う。江南さんだぞ。こんな人が、男の前で甘える姿が想像できるか？」

「うっ……」

初《しょ》っ端《ぱな》のボディブローが意外と効いている。ちなみに、江南さんには睨《にら》まれている。

「次に、雨が降ったのは偶然だよな。だからこそ、四人とも傘がなくて立ち往生していたわけだ。天候まで操って、二人きりの状況を作ったとでも？」

もしも天気予報通りだったら、そのまま四人で帰るだけだ。

さすがに状況が飲み込めてきたのか、西川も花咲も落ち着いてきた。もっと常識的に考えればそんなはずはないと理解できるはずだ。

「あと、最後に……」

俺はスマホをテーブルのうえに置いた。スマホの画面には、メッセージアプリが表示されていて、さっき打った文章がそこに記載されている。

大楠　直哉《なおや》：昨日、俺いつくらいに帰ってきたっけ？

そして、そのあとの返信も。

さやか：なんなの急に？　18時前じゃない？

家族は当然ながら俺の行動を把握している。ここまでやる必要はないんじゃないかとも思ったが、あまりにも長引いてきたのでちゃんと証明することにした。

西川も花咲も身を乗り出して、ド近眼なのかと思うくらいにまじまじ見ていた。

やがて、二人とも後ろに体を戻して、安心したように体から力を抜いた。

「なぁんだ〜」「そ、そうだったんだー」

ようやく理解してもらえたようだ。俺も安心していた。

「そーだよね。そんなわけないよね〜。あー、びっくりした。あまりにも意味深な感じだったから、疑ってかかっちゃった。ごめんごめん」

「……さっきまで、あれだけごちゃごちゃ言ってきたのはなんだったんだ」

「ほんと、ごめんって。でも、あんなことされたらそうとらえちゃうよ。ね、しおちゃん」

「うん……。本当にごめんね、大楠君、江南さん」

花咲の目にいつもの輝きが戻ってきてよかった。そして、俺の袖をつかんでいることに思い至って、あわてて手を放していた。

「なおっちは罪作りな男だね〜」

ごまかすように、またスープにスプーンを入れた。冷えた体に温かいスープが染みこんでいく。味も悪くない。

「大楠君は、帰らなくて大丈夫なの？　紗香《さやか》ちゃんが待ってるんじゃない？」

「そこは平気。今日は外食してくるって伝えておいたから」

そんなことを話している間に店員が近寄ってきて、予《あらかじ》め頼んでいた料理を運んでくれる。俺のところにはミックスグリルとライス、西川と江南さんには生姜《しょうが》焼き定食、花咲には焼き魚定食が置かれた。

こうやって、自分が作っていない料理を食べるのはあんまりないことだ。なにもしなくても食べたいものが食べられることのありがたみを覚えつつ、ナイフとフォークを持った。

「しおちゃんは結構渋いもの食べるね」

「そう、かな。わたし、こういうのも結構好きなんだよね。あと、あんまり太らないように気を付けないといけないし」

「全然太ってないじゃん」

「ううん。油断するとすぐに体重が増えちゃうもん。だから、ちゃんと節制しないとダメなんだよね」

「世のなかには、何もしなくても太らない人がいるからね〜」

そう言って、西川が江南さんのほうに視線をずらした。

「ね、梨沙ちゃん？」

江南さんはきょとんとしたように顔を上げた。箸を口にくわえたままだ。

「梨沙ちゃんはね、なにしても太らないらしいんだよね。ホント天性のものって感じで、ずるいよね〜」

「そうなの？　江南さんずるいなー」

徐々に花咲も江南さんの扱いに慣れてきたのかもしれない。前よりも物怖《ものお》じしなくなってきている。そして、江南さんもそれを受け入れている。

「少なくとも、わたしはそういうの気にしたことはない」

「普通はね、そういうことしてると太ったり肌が荒れたりするんだよ。睡眠時間だって足りてなさそうなのに、全部完璧ってどういうこと？」

「そもそも、わたし、そんなにひどい生活してないと思うけど」

実際、江南さんも西川も同じものを注文している。しかし、西川はこう尋ねた。

「たとえば、昨日の睡眠時間って何時間だった？」

肉を箸でつまみながら、江南さんが答える。

「……3時間くらい？」

俺も花咲も、動きを止めてしまった。西川は、眉間を指ではさんで肩を脱力させた。

「あのね、梨沙ちゃん。普通の人は7時間くらい寝るものなんだよ。6時間だと足りない人が大多数だと思う」

「へぇ」

「3時間なんて、いくらなんでも少なすぎるでしょ！　もっと寝ないとダメ！」

「でも、一応どうにかなってる」

「自分で気づかなくても体にはよくないから、今日は早く寝て」

「わかった、わかった」

どうでもいいと言わんばかりに何度もうなずく。

「江南さん、いつもそれくらいしか寝てないの？　そりゃいつも眠くなるよ」

冬期講習の授業や学校での授業の間、江南さんはいつも眠そうにしていた。本当に睡眠時間が足りていないのだと再確認する。少なくとも、勉強をするうえでは睡眠時間が非常に重要だ。集中力が途切れるし、記憶を定着させるのにも欠かせない。

「別に、いつも3時間しか寝てないわけじゃない。もっと寝てるときもある。それは、あんたたちだって同じでしょ。短いときもあれば長いときもある」

正論ではある。でも、少なくとも俺は、毎日同じ時間に寝るようにしている。だから、安定して7時間程度の睡眠時間を確保している。

「でもわたしは、3時間だけになることあんまりないかも。眠くなっちゃうし」

花咲は、俺と同じような生活習慣らしい。

「西川は？」

「えー、あー、うーん」

その歯切れの悪さから、わりと江南さんに近しい生活なのだろうと察しがつく。頻度には差があるかもしれないが、夜更かしすることはそこそこあるのかもしれない。

「というわけで、西川には言われたくない」

勝ち誇ったように江南さんが笑う。だけど、西川が眠そうにしている姿はあまり見ない。脳の覚醒物質が眠気を上回っているのだろうか。

「それじゃ、西川さんも江南さんと同じであんまり努力しなくてもいいタイプなんだ。ちょっと裏切られた気分……」

「しおちゃん、そんなつもりじゃなかったんだって。それに、睡眠時間は少なくても、サプリメントとかで栄養バランス整えてるつもりだし。あと、わたしもしおちゃんも運動部にいるからそれも影響してるんじゃない？」

花咲はバドミントン部だし、西川はテニス部だ。よく汗をかいているし、そういう意味では江南さんと違っている。

「梨沙ちゃんって運動はあんまりしないでしょ」

「まぁ。まずしない」

「江南さん、確かに体育もできる限り楽しようとしてるもんね」

体育は、男子と女子で分かれるので、江南さんが体育でどうしているか知らない。けれど、花咲の反応を見るに、先生が目を離したところでサボりまくっているのだろう。

「疲れるから」

実に江南さんらしい。他人がどうしようが、我が道を行くタイプだ。

「大楠君。このまえね、江南さんが見学中にどっか行っちゃったんだよ」

「……どこ行ってたの？」

視線を江南さんに向けると、気まずそうに目をそらしながらこう答えた。

「帰った」

「は？」

「その日最後の授業だったし、見学だし、HRもない日だったし、いいかなって」

「どれだけ体育嫌いなんだ」

真面目になったとはいえ、なんでもかんでもまともになったわけではないらしい。

「そもそもなんで見学なの？」

「……別に、特に理由はない。運動したくなかったから、体調が悪いふりをした」

まったくこの人は。少しは自重してもらいたい。

「そのあとどうなったの？」

花咲は、えーとね、と記憶をさかのぼりながら教えてくれる。

「結局、探したけど見つからなくて。あきらめて次の日になって、江南さん呼び出されたんだよね」

渋々といった感じで江南さんがうなずく。

「どこに行ったか訊かれたから、保健室に行ったことにした。そのままバレなかった」

「さすがというかなんというか」

もしかしたら、先生が気づいていた可能性もある。江南さんに対して強く出られず、結局許してしまったのかもしれない。俺が先生の立場でも強く出られる自信がない。

「でも、江南さんそういうことしちゃダメだよ。というか、体育のときくらいは運動してもいいじゃないか」

しかし、江南さんの返答は「はいはい」という軽いものだった。

西川も花咲も苦笑している。こればかりは江南さんの性分だから、直すことはできないとあきらめているのだろう。

……ま、いいか。

「梨沙ちゃんのずるいところは、そういうところもだよね〜」

最後に西川が言った。俺も同じようなことを思ったのだった。

2

12月5週目の木曜が、このカレンダー最後の日。木曜をまたいで金曜日に移ったときに、新しい年を迎えることになる。目の前にあるカレンダーの右下に、薄く1や2と印字されていて、年の切り替えが迫っていることを予感させた。いつも年の境目に感じるのは、祝う気持ちよりも後ろ髪を引かれるような妙なわだかまりだ。人間というのは不思議なもので、いい変化と思えるものでも、内心ではストレスを抱えることがある。これもその一つなのかもしれない。

予備校の冬期講習が終わり、日々を勉強や家事に費やしているうちに、いつのまにか大晦日《おおみそか》になってしまった。ふと、気づくのだ。あ、もう一日が終わってる。そんな積み重ねの先で、一年の縁が差し迫ってきて、そして、今、改めて愕然《がくぜん》としている。

――なんにもしてない。

本当にそうだ。冬休み、もっといろいろなことをすればいいものを、いつも通りに過ごしてしまって、記憶に残るようなことがあまりない。今から旅行の計画を練るのは難しいとしても、せめてどこかに遊びに行くくらいのことはしたほうがいいんじゃないか。

ちなみに、うちの家族はみんなインドア派だ。

紗香は隠れオタとして振舞っているから、友達に誘われれば遊びに行く。しかし、その実ゲームが大好きなので、特に用事がなければ部屋にこもってゲームばかりする。

また、親父《おやじ》はゲーム以前に寝ることが大好きで、暇さえあれば寝てばかりいる。起きている時間もぼーっとしていることが多く、家事を手伝ってほしいという俺のリクエストに中途半端に応えながら、ソファに横になってテレビを見たり、漫画を読んだりしている。

——でも、俺も人のことは言えないかもしれない。

というのも、毎日の勉強のため、家にいる時間をなるべく確保しようとしているからだ。最悪、家事は無理やり二人にさせればサボれるのだけど、勉強だけはそうもいかない。

結果的に、休み中にもかかわらず、家から出ようとしない家族が完成することになる。

——なんか考えておくか。

俺は、1階の収納から新しいカレンダーを出す。取引先が作っていて、無償で親父の会社に届けられたものを持ち帰ってもらった。壁掛けタイプのものと三角形にして置くタイプの2種類がそろっているから、わざわざ自分たちで買う手間が省けた。

どうせすぐ来年になるので、新しいカレンダーに交換する。

そこで、俺のなかで、一つ思い至った。

——そうか、初詣……。

いつもであれば、近場で済ませてしまう。今年くらいは、もっと有名な神社に出かけてお祈りするのもいいかもしれない。

そう決めた俺は、さっそくスマホで神社を調べ始めた。

正直なところ、ご利益などは信じていない。しょせんはイベントだ。親父と紗香を誘ってみようか。おそらく屋台なども出ているし、乗り気になってくれるんじゃないだろうか。

調べた結果、候補として挙がったのは二つだった。

一つは、そこまで遠くない場所にある。電車で20分もかからない。けれど、そこそこ知名度があって、毎年50万人くらいの参拝者が来るらしい。屋台も出るし、行ってみて損はなさそうだ。

もう一つは、電車で40分程度かかる。ただ、こっちの場合は日本で最高レベルに参拝者が多いらしい。写真を追っていく限り、とてつもない行列だ。一度くらいはこういうところでお参りするのもいいなと思った。

早速、紗香と親父に話してみた。

が、二人の反応はきわめて冷たかった。

まず、紗香。

「あ、友達と別のとこに行くから」

途中で遮られ、そう返された。さすがに深夜に出かけるつもりはないらしく、新年は家で迎えたあと、元日の朝に出かける予定らしい。

「そ、そうか。そのあとにでも一緒に行くのはどうだ？」

「嫌だよ。なんでわざわざ二つの神社に行かなくちゃいけないの？」

正論である。だから、途中で諦めて引き下がるしかなかった。

次に親父。

「なにを言ってるんだ、おまえは」

なぜか少し怒っている。わざわざ初詣なんかのために遠出したくないという意味かと思いきや、そのあとにつづいた言葉は耳を疑うものだった。

「いいか。まだわかっていないのかもしれないが、女はイベントを重視する生き物なんだ。母さんが母さんでないころもそうだった。とにかく、一つ一つのイベントで相手が望むようなことをしてあげたものさ」

なぜか過去を懐かしんでいる。おかしくなったかと思ったところで強く肩を叩《たた》かれた。

「誰だっけ、あれ、えーと、えなんとかさんと一緒に行ったほうがいい」

俺は思い出した。この親父が勘違いしていることを。

「……前にも言っただろ。そういう関係じゃないんだ」

「いいんだ。恥ずかしいかもしれないが、ちゃんと大事にしてあげなさい」

もしかしたら、面倒くさいから適当な理由でごまかしているんじゃないか。そんなことを考えたが、やたらとキラキラした親父の目を見ているうちに反論する気も失《う》せてしまった。

——もういいや、諦めよう。

そう結論づけるのに、あまり時間はかからなかった。

＊　＊　＊

「紗香、おまえはそっちの窓を拭いてくれ。あんまり洗浄液つけすぎるなよ。あと親父は、棚のうえとか、高いところを頼む。俺は先にベランダの掃除するから」

年末に、やるべきことはやっぱりこれだ。

大掃除。一年の家の汚れをすべて排除する。いつも掃除しているけれど、細かいところまでは手が回っていない。自分で掃除しているからこそ、どこをきれいにするべきかはなんとなくわかっている。

「うげぇ……。これ全部掃除するって考えるだけでつらいんだけど」

「つべこべ言うな。それこそ、俺一人でやろうとするといつまで経《た》っても終わらないんだよ」

「勝手に汚れないでほしい」

紗香の妄言は置いておき、親父にも細かく指示を飛ばす。

「奥のほうに手を伸ばしすぎるとバランス崩すから、無理のない範囲でやってくれよ。ケガされても近くの病院は開いてないんだから、いろいろ面倒だし」

「わかってる。わかってる。俺に任せておけ」

非常に心配だ。紗香のほうがまだ安心できる。とはいえ、高いところは比較的背の高い親父にやってもらったほうが効率的なのだ。

手先は器用じゃないし、抜けてるところも多いけど、親父も戦力だ。無理しない程度にちゃんと働いてもらわないと困る。

「雑巾はいくらでも用意してあるから、汚くなったら無理せず交換してくれ。あと、バケツの水はこぼさないように注意しろよ」

バケツは紗香と親父それぞれの近くに置いている。作業に夢中になっているうちに存在を忘れ、足に引っ掛けて倒してしまうかもしれない。去年は、紗香がけつまずいて、リビングのカーペットが大惨事になった。さらに仕事が増えてしまって大変だった。

そのことを思い出したのか、紗香が目をそらして知らないふりをする。

「デザート買ってあるから、掃除終わったら食べていいぞ。だから、サボらずにしっかりやってくれ」

「え？　デザートってなに⁉」

急に紗香の食いつきが良くなった。現金なものである。

「それは秘密だ。でも、紗香が喜びそうなものだから、期待はしてくれていいぞ」

「やるじゃん、兄貴。じゃ、少しやる気出す」

物で釣るのもどうかと思うが、これでやる気を出してくれるなら安いものだ。任せたぞ、と告げて、俺は2階に上がっていった。


やはり、一人でやるのと三人でやるのとでは全然違う。

さっさと終わらせたいのか、デザートに釣られたのか、紗香も親父も手際が良かった。サボることなく黙々と手を動かしつづけて、4時間もしないうちに終わりが見えてきた。

「疲れた……」

慣れない動きが多かったせいか、紗香がリビングのど真ん中で大の字になった。親父も、珍しく口数が少なくなっている。要らないもの、汚れた雑巾などをまとめてゴミ袋の中に詰め、部屋の隅に置いておいた。全員が休む間もなく働いたおかげで、家のなかが驚くほどすっきりした。

窓を開けたり、エアコンのフィルタの埃《ほこり》を払ったりしたため、室温が下がっている。暖房を入れなおしたが、暖かくなるまではもう少し時間がかかるだろう。

「まだ終わりじゃないぞ。掃除のために出したやつは元の場所に戻さないと」

「む、り……」

「それが終わったら、デザートだ」

「……しゃーない」

のろのろとした動きで、紗香が起き上がった。親父も、無言のまま椅子から立ち上がる。

意外と掃除は筋肉を使う。単純な動きを強い力でするから、腕の筋肉や足の筋肉が張ってしまっている。

10分くらいでささっと最後の作業を終わらせると、紗香が早くデザート出してとせっついてきた。仕方なく俺は、疲れた体を引きずりながら冷蔵庫に向かう。

冷蔵庫の奥に隠していたそれを取り出した。

「なになに⁉」

跳ね上がらんばかりの勢いだ。こういうところがまだ子供なんだよな、なんて思いながら、白い箱を開けると、紗香が不思議そうにそれを見た。

「ん、なにこれ？」

「なにって、よくあるといえばよくあるデザートだぞ」

ゲームばかりしている紗香は近眼だ。今はメガネもコンタクトもつけていないので、顔を近づけないとなにがなんだかわからないようだった。実際に手に取った紗香は、がっかりした様子を見せた。

「プリンじゃん。なぁんだ……。兄貴があんまり大げさに言うから期待した……」

「まぁまぁ。食べてみればわかるから」

ちゃんと手を洗うように伝えて、全員分のプリンを食卓に並べた。

大きめのケースに入ったそれを開けると、スーパーやコンビニで売っているものとは違う見た目が露《あら》わになる。表面に焼き目があるのだけど、グラタンのチーズと見紛うほど淡い色に染まっていた。親父や紗香もそれを見て、不思議そうにしている。

「え、これプリンなんだよね。なんか、すごくない？」

「これ、一個いくらだと思う？」

「えーと……」

そこで、親父が得意げな笑みを浮かべた。実を言うと、これを買ったのは俺ではなく親父だ。本社に行く用事があったときに、ついでに買ってきたらしい。

紗香がしばらく考えたあとに答えた。

「……５００円、とか？」

俺はかぶりを振った。咳払《せきばら》いした親父が、ニヤニヤしながら言う。

「正解は――２２００円！」

「ぐえ！」

つぶれたような声が漏れていた。下から上から横から、舐《な》め回すように観察している。

「２２００円って……。え、マジ？　そんなプリンがこの世にあるんだ……」

「もっと高いのもあるぞ。一万円近くするプリンだってある。プリンってのは奥深いものなんだ」

「一万……」

底に穴をあけるやつこそがプリンと思っていただろう紗香が愕然《がくぜん》としている。

「どうだ。もったいぶるだけのことはあっただろ」

さっきまで不平を漏らしていたのに、今は言葉を失っている。紗香を驚かせるために、黙っておいた甲斐《かい》があったな、と思う。

早速、俺たちはスプーンで一口食べてみる。プリンが舌に触れた瞬間に、あ、これは高いだけのことはあるなと感じた。めちゃくちゃうまい。なんというか、普段食べているプリンよりも舌の奥に響くような錯覚がある。飲み込むのがもったいなくなるほどだった。

「……やるじゃん」

口では素直じゃないが、紗香の頬《ほお》は緩みきっていた。

「たまにはこういうのもいいだろ。本社のやつにいろいろ訊《き》いたらここを薦められたんだ。芸能人とかも買いに来るらしいぞ」

そんなおしゃれそうな店にこの親父《おやじ》が入ったというのは信じがたいものがある。買うときに変な粗相をしていないか心配になった。

「親父が急にこれを買ってきたときはびっくりしたよ。しかも、最初は嘘《うそ》の値段を教えてきたからな」

「うっ……」

最終出社の日だった。テンションが上がっていたらしく、うきうきした顔で俺に渡してきた。本当の値段を言うと怒られると思ったらしく、紗香の予想した「1個500円」と報告してきたのだ。あとで俺が調べて嘘だと発覚した。

「だってさぁ。買い物を任されたときに高いもの買うといつも怒るじゃん」

「親父は後先考えなさすぎるんだよ。そんなに高いもの買ってたら、さすがに家計にも影響すると思うよ」

「俺の稼ぎ、そんなに悪くないんだけどなぁ……」

さすがに俺が財布を握っているわけじゃないが、月の収支はだいたい把握している。恩恵に与っている俺が言うのもなんだが、教育費は結構かかるのだ。無駄遣いばかりしていると月の収支が赤になってしまう。

「稼ぎの良し悪《よ　あ》しの話じゃないよ。今回だって、一万円くらい吹っ飛んでるわけだし、あんまりやりすぎるとよくないよってことを言ってるの。まして、俺に何も言わないで、嘘の報告をするのはありえないからな。でも、こういうのもたまにはいいなとは思ってるよ」

「兄貴。ただただおいしかったからそう言ってるだけじゃないの？」

「それはある」

本当のところ、不安もあった。２２００円もかけたプリンがまずかったら、どう声をかければいいかわからない。その点、値段相応だったのは良かったなと思う。今回はちゃんと他人からおすすめを聞いてくれたから幸いした。本社の人、グッジョブ。

ちなみに、親父はお土産を買うセンスがないので、失敗も多い。今回はちゃんと他人か……

「ちなみに、親父は２２００円払うことに抵抗なかったの？」

すると親父は、腕を組んでう〜んとうなる。たぶんないんだろうな。

「年の瀬だしなぁ。多少のぜいたくは許されるんじゃないか？　それに、パチンコや競馬と比べたら、こんなもの大したことないしな」

ハハハ、と笑っている。俺はため息をつかざるを得なかった。

「……なあ、親父。ギャンブル系は控えるように言わなかったっけな？」

「あ」

過去に一月で10万擦ったことがあり、禁止することにしたのだ。どうやら隠れてやっていたらしく、親父の額に汗が浮かび始めた。

「……これはその……たまたまというか、会社での付き合いというか。直哉にはまだわからないと思うが、こういうのが好きなやつは一定数いてな。一緒にやったほうがスムーズに事が運ぶこともあるんだ」

「ふぅん。ちなみに、そのときの成績は？」

「競馬だったんだけど……5万円吹っ飛んだ……」

「へぇ……」

目を細める。やっぱりな、と思った。残念ながら、親父にギャンブルのセンスはない。競馬であれば、馬や騎手の情報を調べるべきなんだろうが、この親父の場合はただなんとなく浮かんだ数字で馬券を購入している。結果的に、いいカモとなっている。

「俺だってな。親父には息抜きもしてもらいたいから、こんなことは言いたくないんだぞ。だけどな、親父はギャンブルするとほぼ確実に負けるんだから、そこは自覚してくれ」

「で、でもさ。たまに勝てるんだぞ。そのときの快感ったらないんだぞ。負けてばかりだからこそ、勝ったときの嬉しさもまたひとしおでな。それに、家計を逼迫《ひっぱく》させるようなことは絶対にしないから」

さっきから話を聞いている紗香はドン引きしているようだった。うわぁ、と声を漏らしながらひたすらにプリンを食べつづけている。

「まさにギャンブル敗者の言い分じゃないか。もう諦めろって。親父にギャンブルは向いてない。ゲーセンのコインコーナーで遊んでてくれ」

「それじゃ面白くないじゃないか。見返りが多いからこそだな……」

「見返りどころか、マイナスになりまくってるから言ってるんだけど」

「大丈夫大丈夫。神社にギャンブルで勝てるようにちゃんと祈っておくから」

この人はなにを言ってるんだろう。俺は呆《あき》れた。

＊　＊　＊

新年を迎える瞬間は、いつもあっけない。もしも、テレビやネットを見ずに過ごしたならば、なにも気づくことはないんだろう。たとえ年末特番を見ていたとしても、次第に迫ってくるカウントダウンが自分とは関係のないことのように感じられて、どことも知れない場所で、年が一つだけ前に進んだだけのような錯覚すら覚える。その瞬間を待ち望みながら、その瞬間よりも待っている時間のほうが楽しい典型例なんじゃないだろうか。

年越しの前に年越しそばを食べたり、適当にお菓子をつまみながら過ごす時間は悪くない。親父や紗香とも話が弾んだし、気分も高揚した。ただ、年が切り替わってからは、祭りが終わったような妙なもの寂しさを味わった。

——もう、か。

一年はあっという間に過ぎていく。この一年の間にも、大きな変化があった。

今年もいい一年になりますようにと心のなかで祈るのだった。

年が明けてすぐに俺のスマホにメッセージがいくつか届いた。

斎藤《さいとう》や進藤《しんどう》などの男友達、花咲や西川が一斉に送ってきた。俺も同じように「あけおめ」と返した。

俺が年賀状を出していたのは小学生のときまでで、それ以降は一度も出したことがない。スマホで文字を打って、送信を押すだけで成立してしまうから、はがきを購入して、手間暇かけて体裁を整えるなんてことをしなくなってしまった。向こうから届けば俺も出すけれど、自分から出すことはもうない。

斎藤からつづけてメッセージが届く。

KENJI：やっとこれでゲーム買えるぜ!!!

おそらくお年玉のことだろう。斎藤は結局バイトせずに、臨時収入が入るタイミングを待つことにしたらしい。ちなみに、斎藤の下の名前は健二《けんじ》である。

大楠　直哉：終わったら感想聞かせてくれ。良さそうだったらやってみようかな
KENJI：いいぜぇ。今日寝たら、そっからゲーム三昧になってやる
思考回路が紗香と似ている。こいつら、意外と仲良くなるんじゃないだろうか。

とはいえ、俺も斎藤や進藤の影響で少しくらいならゲームをする。うちにはゲームハードがそろっているので、ソフトさえ買えばプレイすることができる。基本的に紗香がよく使っているので、紗香の手が空いたときを狙うしかないのだけど。

そこからも、いろんなやつとメッセージのやりとりをしているうちに夜が更けていく。

あんまり夜更かしするわけにもいかない。適度なところで会話を切り上げてメッセージアプリをぼんやり眺めているうちに、あることに気がついた。

——江南さんからは連絡が来ていない。

もしかしたら、もう寝てしまっているんだろうか。それとも、わざわざあけおめメッセージなど送る気がないということなんだろうか。

どうするべきか少し迷ったが、俺の手はすぐに文字を打ち始めていた。

大楠　直哉：あけおめ
送信するが、すぐには既読がつかない。あきらめて、寝ようとしたタイミングで、スマホがベッドのうえで揺れた。

すぐに画面を見ると、江南さんから返信が届いている。しかも、それは文章じゃなかった。

——珍しいな。

スタンプだった。ちゃんと新年を祝うためのもので、ことよろという文字とともに鼠のようなキャラクターが踊っていた。

まさか、こんなかわいらしいスタンプで返ってくるとはな……。

俺は、ちょっと嬉《うれ》しくなって同じようにスタンプを送る。すぐに江南さんの既読がついた。

寝るのをやめて、ベッドのうえに横になったまま画面を見る。
梨沙：ほんとは、あけましておめでたくないけど
相変わらずだった。クリスマスのときもそうだったけど、イベントごとにほとんど拘泥しないんだなと改めて認識させられた。
大楠　直哉：正月とクリスマス、どっちのほうが嫌いなの？
梨沙：それはまぁ、クリスマスだけど
嫌い、という言葉は否定しなかった。メッセージがもうひとつ連続して送られてくる。
梨沙：正月のほうが、祝う理由わかるから。次の年になったわけだし
たぶん、こうやって人と話して、少しずつ新年の実感を味わうものなんだろう。カウントダウンが終わったときよりも、江南さんやクラスメイトとメッセージを送り合っているときのほうが、新しい年が始まったんだなと実感させてくれる。
大楠　直哉：でも、江南さんは大晦日《おおみそか》でも正月でも、いつも通り過ごしてそうだよね
たぶん、今日だって年越しの時間を迎えるために起きていたわけじゃない。いつもこれくらいの時間はまだ寝てないだけじゃないだろうか。
梨沙：それはそう。年が明けたからって、したいことも特にないし
やっぱりだ。むしろ、大晦日にソワソワしている江南さんが想像できない。
梨沙：おせちなんて食べないし、書初めもしないし、門松を出すこともない

大楠　直哉：最初はともかく、そのあとの二つは、しない人のほうが多いかな
書初めは、小学校の宿題にあったが、それ以降はしていない。書道がよほど好きな人間じゃない限り、やらないんじゃないだろうか。門松は、持っているほうが珍しそうだ。
梨沙：知ってる。でもあんたのことだから、おせちはきっちり用意してそう
大楠　直哉：そりゃもちろん
事前に必要なものはすべて購入してある。なかでも煮しめにはかなり手をかけた。普段作らないものを作れるのは結構楽しい。
梨沙：わたしはいつもどおりに過ごせさえすればいい。余計なものなんて必要ない。だから、なにか特別なことをすることもない
大楠　直哉：そこは人によって考え方も違うだろうし、否定するつもりはないよ
梨沙：うん。あんたのそういうところは楽でいい
節目のイベントが好きで誰よりも謳歌《おうか》する人間もいれば、逆にそれが嫌いで、自分の生き方を貫き通そうとする人間もいる。斎藤だって、ある意味後者なんだろう。ゲームが好きで、正月という時期を楽しむことよりも、手に入るお金でゲームを楽しむことを選んでいる。これは別に、江南さんだけの話じゃない。
大楠　直哉：西川や花咲だって、似たようなことを言うんじゃない？
二人とも、誰かの考えを否定するようなタイプではない。またスマホが震える。

梨沙：まぁ、そうなんだろうね。でもそうじゃない人もいる

同調圧力みたいなものは、江南さんの大嫌いなものだろう。俺が初めて説教したときにあれだけの嫌悪感を示したわけがそれだ。

だからこそ、江南さんと俺がこうやってメッセージを送り合っている今が、普通であれば考えづらい状況だなと思う。でも現実として、こうなっている。

大楠 直哉：江南さんはそういうの気にするタイプじゃないだろ？

梨沙：もちろん

大楠 直哉：俺も同じだ。他人がどうであれ、自分がやりたいからおせちを作ろうと思っただけだ。それ以上でもそれ以下でもない

自分だって、イベントを重視しているわけではない。普段やらないことをやる口実として適切だから、それに乗っかっている。

いつもやらないことをやるのが楽しいこともある。

大楠 直哉：でも、俺としては、冬休みになにもしなさすぎて、もうちょっとなにかしたい気持ちがあるんだよね。結局、冬期講習を受けたり、豪華な料理を作っただけだから

今日の朝。初詣に行こうと考えていたことを思い出す。こういう機会でもないと、神社に訪れることもない。

すぐにまた、メッセージが届く。

梨沙：なんかやりたいことでもあるの？

さっきまで考えていたことをそのまま文章にして伝える。でも、こんなことを江南さんに言っても仕方ない。

そう思ったところで、とんでもないことが起こった。

梨沙：じゃ、行く？

最初、江南さんがなにを言っているのか理解できなかった。日本語であるにもかかわらず、未知の言語に触れたかのような困惑が俺を襲った。

じゃ、行く……？　え？　なに？　どういう意味？

返事をしないままでいると、江南さんからのメッセージが届く。

梨沙：一人で初詣行っても面白くないんでしょ。冬期講習一緒に受けてくれたし、それくらいは付き合ってもいい

指が止まった。予想もしていないことだった。こんなことを期待していたわけじゃない。

ただ、流れに任せて、自分の考えを江南さんに伝えただけだった。

だから、しばらくそのメッセージを見て、俺は凍りついてしまった。

梨沙：なに？　どうしたの？

そこでようやく、俺の体の硬直が解ける。慌てて返事をする。

大楠　直哉：え？　いいの？

梨沙：いいって言ってる。というか、あんまり繰り返させないで。だるい

理解できない。いつものことながら、江南さんの考えが理解できない。唐突なんだ。だから、こんなにも俺を動揺させてしまう。

正月だからって、他人と合わせるようになにかをすることを嫌っていた。自分は自分だからと、普段通りの生活をするだけでいいと書いていた。なのに、俺が行きたいと言っただけで、こんなにもあっさりと翻してしまう。

それとも、嫌がっているのは表面だけで、本当はあまり抵抗がなかったのだろうか。俺には推測することしかできない。江南さんは、肝心なことを教えてくれない。どのような思考回路で生まれた結論かわからないことを、淡々と伝えてくるだけだ。

放置しすぎるのはまずいので、俺は、迷いながらも文字を打った。

大楠　直哉：じゃあ、明日……じゃなくて今日の朝でどう？

断るなんて選択肢を選ぶことはできなかった。江南さんがせっかくしてくれた提案を無下に扱うことはできない。

既読から数秒、江南さんからの返答は簡素なものだった。

梨沙：いいね

そこから先のことは、あまり覚えていない。

どこに行くか、何時くらいに待ち合わせるかを決めたことだけはかろうじて覚えていた。

スマホをスリープにし、画面から目を離しても、俺は動くことができずにいた。

俺が、江南さんと一緒に初詣に行く？　奇《く》しくも、親父《おやじ》の目論見《もくろみ》通りになってしまったわけだ。こうなってくると、ますます言い訳がしづらくなる。

――なんだこれ。

未《いま》だに、さっきまでに起こった現実を受け止めきれずにいる。

明日出かけるのであれば、そろそろ寝ないといけない。にもかかわらず、そのまましばらくは、呆然《ぼうぜん》とすることしかできなかったのだった。

3

午前8時前。初日の出から1時間程度がすでに経過している。鳥居のまえには俺と同じように待ち合わせをしていると思《おぼ》しき人が大勢集まっていた。天気は都合よく晴れていて、光が建物の間から覗《のぞ》いている。

石畳の大きな空間に巨大な鳥居が堂々とそびえ立ち、その横に電信柱に括《くく》りつけられた信号機が並ぶ。少し奥に石灯籠が二つ、左右の際に寄せられていて、さらにその奥には広大な敷地がつづいている。入り口付近に植えられているのは、松の木だ。雲一つない晴天と合わせて美しい光景を形作っていた。

——もうそろそろ、かな。

約束の時間は午前8時。江南さんの家からも距離があるため、少し遅れることも考えられる。しかし、腕時計の長針がちょうど11を指したあたりで、俺から見て右のほうからゆっくりと歩いてくる江南さんの姿が見えた。

江南さんは、いつぞやにも着ていたチェスターコートを身にまとっている。俺を探しているようだったが、手を挙げている俺に気づいてすぐにこっちに近寄ってきた。

「明けましておめでとう、江南さん」

「……」

無言。いや、なにか返せよ。コートのポケットに両手を突っ込んだ江南さんは、首を縮めながら小さくうなずくだけだった。江南さんのことだから、朝の眠い時間、機嫌が悪いだけということも考えられる。

とはいえ、せっかく来たのだから、ちゃんと会話くらいしてもらいたい。

「ええと、江南、さん？」

すると、わずかばかり顔を上げて、後ろを向いた。

「……信号」

「へ？」

「ここの信号機、さっきから黄色で点滅してる。簡単に車が通れないようになってるんだ」

「ん。ああ、そうみたいだな。ここは有名だし、参拝客が多いことを見越してそうしているんだろうな」

「ふぅん……」

どうやら、機嫌が悪いわけじゃないらしい。さっきからきょろきょろとあたりを見渡している。あんまり初詣に来たことがなくて、意識が周囲に向いているだけかもしれない。

そして、俺の目を見ながら言う。

「おめでとう、今年もよろしく」

「うん。こっちこそ」

今年「も」か。わかっていたことだけど、どうやらこの関係はまだまだつづくみたいだ。

俺は江南さんに訊《き》いてみる。

「普段であれば、初詣もあんまり行かない感じ？」

「まぁ……」

やはりそのようだ。確かに、江南さんが神頼みする姿は想像しづらい。人の多いところが苦手な江南さんにとって、この神社はあまり良くないチョイスだっただろうか。

結局、俺が選んだのは、日本屈指の参拝者数を誇る神社だった。江南さんが言うことを聞いてくれそうな気配だったので、ついわがままを言ってしまった。

そんな俺の考えを読んだからか、江南さんがつづける。

「わたしから言ったことだし、嫌々来てるなんてことはない。こんなイベントに便乗するのはアレだけど、わたし一人じゃ絶対に来ないし」

「うん」

「楽しみにしてる面もある。人混み自体は好きじゃないけど、前向きな気持ちがゼロだったらわざわざこんなところまでは来ない」

江南さんらしからぬ口上に、俺は笑いそうになってしまった。

この人は本当に素直じゃない。もっとわかりやすく表現すればいいのに、江南さんはそれをしない。そうすることができない。

口元を押さえて横を向いている俺に気づいた江南さんが、むっとした表情になる。

「……なに？」

俺は笑いたくなる衝動を飲み込んで、なるべく平然と答えた。

「なんでもないよ。江南さんの機嫌が悪いわけじゃなくて、ほっとしたところだ」

「ほっとした？　なんかそんな感じじゃなかったけど」

「本当だって。江南さんも、少しは楽しみにしてもらえてるようでよかったよ」

「……言わなきゃよかった」

ぼそりとそうぼやく。江南さんなりに気を使った結果なんだろうと思う。

遠くから、拡声器で参拝客を案内する声が聞こえてくる。本殿の方角を見ると行列ができているようだった。いつもよりも時間がゆったりと流れているように感じられる。平日のこの時間であれば、もっとみんなあくせくしている印象がある。

家族連れやカップル、同性の友達と来ている人もいる。この世にはこんなにも人がいたのかと思うくらい、どんどんと道路から人が押し寄せてくる。

あんまりここに留《とど》まりつづけるのはよくないな。

俺は江南さんに言った。

「行こうか」

「そうだね」

俺たちは、本殿に向かうべく歩きはじめた。

境内に入ってすぐ、左右に同じ大きさの池が並んでいるのがわかる。水の色は無色透明で鯉《こい》が大量に泳いでいる。アーチ状の橋を渡った先に、本殿につづく細長い道と甘い匂いを発する屋台があった。足元が白い石畳でできているので、やたらと色濃い影が地に描かれている。

「おっと……」

強い風が吹きつける。今日はいつもよりも風が強烈だ。髪の毛があおられる。

江南さんも俺と同じように髪を押さえた。

「目に入ったかも」

「大丈夫？」

そのまま歩きながら何度も瞬《まばた》きを繰り返していたが、すぐに「問題ない」と返された。

前を行くお年寄りが、手に持った紙を落としてしまったようだ。風に流されて、飛ばされそうになったそれを、慌てて俺がつかみに行き、それをお年寄りに渡す。

「ありがとね」

木の葉が揺れる音が聞こえてくる。ちょうどいい塩梅《あんばい》の話し声が、あちこちから聞こえてくるのが心地よかった。目をこすりながら、江南さんが俺の横に追いついた。

少し赤くなった目で、俺を見る。

「あんたってこういうときに動くの早いよね」

「それがどうかしたの？」

「別に」

「それよりも、目洗った方がいいんじゃないの？　赤くなってる。さっき通り過ぎたところにトイレあったから、洗ってくれば？」

「いや、すぐとれたからほんとに大丈夫。それに、あんまりもたもたしてると、行列に乗り遅れちゃって時間がかかる」

確かに、本殿の前は恐ろしいほどの行列になっている。たぶん、賽銭箱《さいせんばこ》にたどり着くのに相当時間がかかるはずだ。道なりに進むにつれて、奥のほうから雅楽の演奏が聞こえてくる。本殿よりも手前に設置されたモニターには、装束を身にまとった人たちが、笛に口をつけている姿が映しだされている。

江南さんが言う。

「近くのところとは、雰囲気が違う。これだけの参拝客がいると、多少お金を使っても全部回収できるんだってのがわかる。おみくじとか絵馬とか、そんなにもうかるんだ。一年で一番の書き入れどきだから、すごく張り切ってるんだ」

「江南さん、見方がなかなかえげつないね」

「だってそうでしょ。こういうのもある意味商売だから。採算が取れないことは絶対にしないんだろうなって」

当然、参拝だけで済ませる人も多いだろう。しかし、これだけ母数が多ければ、他のところでお金を使う人もたくさんいるはずだ。

正直、おみくじなんて原価がほぼゼロみたいなものだ。紙に運勢を印字して、専用の引き出しに入れておくだけだ。当然人件費等はかかるだろうが、大量にさばくことができれば負担としてはかなり小さい。

「実際、どれくらいもうかるんだろうね。場合によっては、今日一日で一年分を稼ぐこともできるのかな。というか逆に、他の時期になかなか来ないもんね」

「となると、今日が神社にとっては勝負のときなんだ。ふぅん」

徐々に本殿が近づいてくる。本殿のまえにもう一つ開けた空間があって、中央部に本殿ではない屋根付きの建物があり、そこには入れないようになっていた。左右に人波がわかれて行列がつづいている。

もうここから先は行列が進むのに合わせて前に行くしかない。

途切れ途切れに聞こえる雅楽が、正月らしい雰囲気を作っている気がした。

「こっからだと、どれくらいかかるだろうね」

「わかんない。でも、ま、進むペースを見てもそんなにかからないんじゃない？」

江南さんの言う通り、行列とはいえ1分に一回くらいは前に動く。

場合によっては1時間くらい待つことも覚悟したけれど、そこまでではなさそうだった。

「さむ」

腕を抱えるようにして、江南さんが白い息を空に向かって投げる。

本殿につながる石階段は、想像以上に長い。少なくとも50段はあるんじゃないだろうか。

今いる場所との高低差が、本殿に神々しさのようなものを与えていた。

空高く、何羽もの鳩《はと》が舞っている。

「……」

江南さんの視線は、鳩たちが弧を描くのを追っているようだった。

凛《りん》とした空気のなかで、驚くほど空が澄んでいる。低い位置の空は白く見え、天頂に近づくにつれ、純度の高い青に覆われる。まっさらな空には時間の概念すらないように感じられる。靴底が上下するたびに、砂利がかき混ぜられる音が耳に響いた。

また風が吹く。さっきよりも弱い風だ。

冷たい空気が頬《ほお》に当たり、視界を埋め尽くす空に前髪が混ざりこむ。

なんでかは知らないが、急に母のことが脳裏をよぎった。家族で初詣に来たことがある。そのときはどんなことを話していたっけ。時が過ぎ、記憶が薄まり、後悔だけがわだかまりつづけているなかで、こんなにも過去を懐かしいと感じることはなかった。

背が低く、未来に起こることを理解していなかったころ。

無邪気に、誰かに寄りかかりながら生きていたころ。

懸命に記憶をほじくり返しても、あのときの気持ちを思い出すことはできない。ただ、過ぎ去ってしまったものをそういうものとして受け止めることしかできない。

顔を前に戻す。

隣に立つ江南さんは、未《いま》だに頭上を見上げている。やがて、俺の視線に気づいた江南さんが、「どうしたの？」と問いかけてきた。俺は、なんでもないと答える。

行列はどんどん前へと進んでいく。本殿に至る石階段の前に立つと、遠目に見るよりも本殿が大きく感じられた。赤い柱や屋根が木々の間に悠然とそびえている。

「この階段、上るの大変そう。手すりもないから、転ばないように気をつけて」

「わかってる」

やがて、案内係が前に行くように手ぶりで示す。どうやら、前の集団の参拝が一段落ついたらしい。

階段を上るのは、結構きつかった。たまに筋トレをしているけれど、なかなか足の筋肉までは鍛えていない。江南さんも、本殿にたどり着いたときには息が上がっていた。

――？

そのとき、不思議と違和感があった。気のせいだろうか。

四角く開いた入り口から足を踏み入れると、奥に横幅3メートル程度の賽銭箱が置かれているのが見えた。さらに先は扉が閉ざされて覗《のぞ》くことができない。高い天井から橙色《だいだいいろ》の光が仄《ほの》かに照らしていて、神聖な空間としての迫力を強く感じさせられた。

前の人がお参りを終えたので、俺たちは足を進める。すでに財布から出してあった5円玉を放り込んで、手を叩《たた》く。本当はもっと正式なやり方があるのかもしれないが、そこまで詳しくはわからなかった。

両手を合わせ、まぶたを下げる。

家族や自分の健康、そして、今後よからぬことが起きないようにと祈っておいた。

数秒で目を開く。隣の江南さんは、まだお祈りの途中のようだった。しかし、そこまで

長引くこともなく、まもなく顔を上げる。どうやら終わったらしい。

「……戻ろ」

うなずく。そして、横にずれてからまたあの長い石階段を降りるのだった。


「一回500円ね。ま、これくらいいっか」

お参りを終えた俺たちは、授与所のまえに立っていた。ここでも行列ができていて、おみくじを引くまでに数分は並ばなくちゃいけない。江南さんは、料金の記載された看板を見てちょっと不服そうな口ぶりになった。

「ここは高めな気がする。もっと安い印象があったから」

「どうなんだろう。俺もそこまで相場に詳しくないから何とも言えない。でも、有名な神社だし、多少強気でも問題ないんだろうな」

巫女《みこ》装束をまとった女の人が、番号の書かれた引き出しから紙を取り出している。江南さんがつんつんと俺の肩をつついてきた。

「たぶん、あの人がアルバイトなら、せいぜい時給1000円くらい。二人さばくだけで回収できるんじゃない？」

もしかしたら、意外とお金にうるさいタイプなのかもしれない。普段アルバイトをしているから、お金のありがたみをわかっているということなのか。

俺は、前を見ながら言う。

「結構いろいろ詳しく書いてあるっぽい。提示されている見本を見る限り、５項目についての運勢が説明つきで出てくるんだってさ」

「なるほど……。わたしは運勢なんて信じないけど」

「……それならおみくじを引く理由ってなんなんですかね」

とはいえ、俺も信じているわけではない。新年初っ端《しょぱな》の運試しだ。大吉が出ればいい気分になれるし、そうじゃなくてもすぐに忘れてしまう。あくまで、アトラクションに近いものだと考えている。

実際、去年も別の神社で引いたが、どうだったか覚えていない。

「健康運、金運、仕事運、学業運、恋愛運……か。俺としては、学業と健康のところでいいことが書いてあればいいかな。仕事なんかしてないし、恋愛も今のところはあまり興味がないし、お金は今そこまで困ってない」

「わたしは、一にも二にも金運がよくあってほしいかな。ちなみに、困ってないってのは、家がってこと？」

「もちろん。親父《おやじ》がちゃんと稼いでくれてるから。俺が自由に使えるお金はそこまで多くないけど、そんなに欲しいものもないし、これ以上望むことはないかな」

斎藤はもらっているようだが、俺はもうお年玉をもらっていない。以前は親戚からもらうこともあったけれど、あの日以来一度も会うことはなくなった。

必要なのは、今の生活だけ。愚直に、日々やるべきことをこなすだけでいい。

「江南さんは、ほしいものがある？」

「ある。教えないけど」

「でも、前に免許ほしいって言ってたよね」

覚えてたのか、と言わんばかりの苦々しい顔に変わっていく。教習所に通うだけでもかなりのお金がかかるし、その点でも貯金する必要があるんだろうな。

俺は肩をすくめる。

「詳しいことは聞かないよ。江南さんには江南さんの事情がある。秘密主義なのは知ってるから、今さら気にすることもない」

「……秘密主義。そう見える？」

逆に訊きたい。自分のことを開けっぴろげに話すタイプだと思っているのか。

ため息をこぼしたら、それが答えになったみたいだ。江南さんがあきらめたように「あっそ」とつぶやいた。

やがて、俺たちの番になる。

５００円を支払い、六角形の筒を振る。出てきた棒の番号を告げると、折りたたまれた紙が手渡された。行列から外れた俺は、邪魔にならないところでその紙を開いてみた。

「……なるほど」

中吉。そのうえで、それぞれの運勢を読んでいく。仕事運は当てはまりそうな事柄がなかったけれど、その他は自分にも適用できる内容だった。そこそこの運勢だけあって、無難なことしか書かれていない。とりあえず、悪い内容じゃなくてほっとしていた。

すぐに隣に江南さんが来て、同じように紙を開いている。先に自分が確認したいからか、俺には見えないような角度にしている。しばらく、顔と紙を近づけて熟読しているようだったが、すぐに紙を畳んでしまった。

「どうだった？」

「……凶」

たぶん、ろくなことが書かれていなかったんだろう。吉を多くしているのかと思いきや、案外そうでもないみたいだ。いくらおみくじを信じていないとはいえ、悪い内容が書かれていたらあまりいい気分にはならないだろう。

「大凶があるのかどうかは知らないけど、大凶じゃないだけマシじゃないか？　たぶん凶を引く人はあまりいないだろうし、ある意味幸運だという見方もできる」

「じゃあ、あんたは、凶を引くのと中吉を引くのどっちがよかった？」

「中吉です……」

実を言うと、凶を引いたことがないのでどんなことが書かれているかすごく気になる。

さすがにお金を払ってくれた人に対し、ぼろくそに言うことはないと思うが、あんまりいいことが書かれていないのは間違いない。

「あんたのほうは、そこそこいいこと書かれてるね。金運のところは、『忘れたころに思わぬ幸運。前向きに事を進めると良し』だって。良かったじゃん」

「江南さんは？」

「『欲を出すべからず。諦めが肝心』」

「それはまた、なんというか……。諦めが肝心って、めちゃくちゃ後ろ向きだね……」

「こんなの信じてないからいいけど。ホントにいいけどね」

その割に、めちゃくちゃ悔しそうにしているのが笑える。あと、金運メインで見すぎじゃないですかね。

「他の運勢はどうだったの？」

江南さんは、一瞬間をおいてから答えた。

「……誰にでも当てはまりそうなことが書いてあるくらい。全体にわたって、変なことはせずに大人しくしておけって感じだと思う」

「なるほど」

ちなみに俺のおみくじには、学業面・健康面ともになかなかいいことが書かれてあった。だから、俺としては大満足だ。

さらに見ていくと、仕事運は無難なことが書かれているだけだ。最後に恋愛運を読むと、そこにはこう書かれてあった。

——遊ばず、誠意をもって接するべし。さすれば幸運が訪れる。

なぜか、じとーっという視線が江南さんから届く。俺は、おみくじを畳んでから言った。

「ま、しょせん、おみくじはおみくじだ。未来のことを的中できるわけがない」

「そう。ふぅん……」

江南さんが凶だったので、奉納所に向かう。すでにたくさんのおみくじが結びつけられていて、遠目には白い千羽鶴のように見えた。俺は持ち帰ることにしたので、江南さんだけがそこに括《くく》りつけることとなった。

しかし、うまく結ぶことができない。なぜか手がちょっと震えている。

「いいよ、俺がやる」

おみくじを江南さんの手から取って、結び付けた。

「ありがと」

ここでまた、俺のなかの違和感が再燃しはじめた。俺は訊《き》いてみる。

「どうかした？　もしかして、体調でも悪いの？」

「いや……」

すぐに首を振られる。ただ、こういうのには男に言いにくい類のものもある。

「階段上ったり、並んだりして疲れたから、少し休もうか」

俺がそう言うと、江南さんは素直に首肯した。


本殿から離れ、入り口近くの池の傍《はた》に休憩スペースがあった。人が多いため、ほとんど埋まっていたが、ちょうどいいタイミングで立ち上がる人がいたので、入れ替わるようにそこに腰を下ろす。

鞄《かばん》を長椅子のうえに置いてから、江南さんに尋ねた。

「なにか飲みたいものでもある？」

「じゃ、コーヒー」

おごられるのは嫌みたいで、財布からお金を出し、俺の掌《てのひら》に渡す。自動販売機が近くにあるので、ホットのコーヒー二つを購入した。

戻ってきた俺は、ブラックのほうを江南さんに渡す。

「わかってんじゃん」

両手で包み込むように缶を持つ。俺も、缶をうなじに当てて少し体を温めた。

池の水面に、周囲の松が逆さ写しになっている。中央部に白鳥が何羽か泳いでいて、ときおり羽をばたつかせている。池の反対側に、待ち合わせた巨大な鳥居が立っていて、次から次へと押し寄せる参拝客を視界に収めることができた。

「たぶん、午前中はずっとこんな感じなんだろうね。見てて面白いくらいに人が途切れない。新年に切り替わるタイミングとかはもっとやばいんだろうけど」

「……」

「江南さん？」

江南さんは、手に持ったコーヒーのプルタブを開けようともしていない。人だかりに酔ってしまったのだろうか。いつもよりも少し青白い顔で、池を眺めている。

「大丈夫？」

「ん」

そこでようやく江南さんが動き出す。もたつきながらプルタブを開け、湯気の立つコーヒーに口をつけた。俺も、コーヒーを飲み込む。

「江南さんって、そんなに手先不器用だっけ？」

さっきからどうもおかしい。石階段を上ったときの違和感は、想像以上に江南さんが疲れていたことに起因する。前に話した限り、睡眠時間を十分に確保できていないようだから、体にガタが来ているということも考えられる。

「別に。もともと器用なほうじゃないし、ただ、寒くて手がかじかんでるだけ」

俺も江南さんも手袋をつけていない。だから、その言い分はもっともだと思った。

「晴れで良かったよ。雨が降ってたら、これどころじゃなかっただろうし」

天気予報では、一日中晴れとなっていた。クリスマスのときみたいなこともありえるが、今日は折り畳み傘も持ってきている。同じ失敗は繰り返さない。

二、三回コーヒーをちびちびしたあと、江南さんが言った。

「白鳥って、ほんとにもがいてんのかな」

「ん？」

「ほら、よく言うじゃん。優雅に見える白鳥も、その水面下では必死に足を動かして、頑張って浮いてるって話。傍目《はため》から見ていて、そんな必死そうには見えない」

「そりゃそうだよ。だって、その話は嘘《うそ》だから」

白鳥が浮いているのは浮力の賜物《たまもの》で、懸命にバタ足しているという事実はない。格言として有名になりすぎただけで、やつらは簡単に水面を漂っている。

と、江南さんは、嫌なことを聞いたとばかりに顔をしかめた。

「面白くない」

「面白くなくても仕方ない。誰が何と言おうが、事実は揺らがないよ」

目の前に白鳥がいないときであれば、「そういうものなんだ」と思えるかもしれないが、実際に目の当たりにすればそんな格言など信じられるわけがないだろう。それくらい穏やかに泳いでいる。

「もしもほんとに足の力で浮いてるんだったら、もっと波が立つ。人間がプールで泳ぐときだって、水中で蹴った力が表面に現れる。水に浮くくらい必死になってたら、誰かが気づくくらいの変化はあるんじゃないかな」

　さらに言うと、バタ足はひどく疲れる。遠泳をするときは、足を使わず手だけで掻《か》く。延々と水の中をもがきつづけるなんて不可能だ。

「そもそも、空気中を飛ぶことができるんであれば、水のなかでも余裕だろうね。人間でさえも浮くんだから、鳥なんて簡単に浮くでしょ」

「正論。結局、なんでそんな嘘が知られるようになったんだかよくわからない」

「普通、信じたいものを信じる。それ以上でもそれ以下でもないんじゃないかな」

　人間の認識なんて曖昧だ。たとえ間違えていても、成立してしまう。

「陰の努力や苦労なんて、意外と周囲にバレてると思うし。俺だってこそこそ勉強してるけど、優雅じゃないし、水面下に隠れてもいない。見てる人がいるんであれば、望もうが望むまいが、そのうち気づかれる」

「あんた、もしかしてさっきの格言嫌いなんでしょ」

　図星だった。見えない努力は必ず限界が来る。そのとき、優雅なたたずまいで水面を渡るなんてことできるはずがない。その言葉に示される美徳に、俺は価値を見出《みいだ》せなかった。

「ねぇ、江南さん」

　俺は、横を向く。そこには、さっきよりも顔色の悪い江南さんがいた。

「やっぱり、体調悪いだろ」

「……」

淡々と缶コーヒーを傾けている。それから、熱っぽい吐息を地面に落とした。

「ごめん」

一言だけだったが、理解できた。

さっきから、ずっと体調の悪さを隠している。自分は平気なんだという表情をしながらも、無理していることがひしひしと伝わってきた。なんで、そんななかで初詣に来て、自分の弱さを隠そうとするのか俺には理解できなかった。

「……どんな感じなんだ？」

「今日の朝から、熱がある。本当は諦めればよかったのに、高を括《くく》っちゃった。時間がてば良くなると思ってたけど、どんどん体が重くなってる」

一枚、面の皮を脱ぎ捨てた江南さんは、その下にある弱弱しい姿を表にさらした。息遣いは荒くなってきている。

「迷惑かけるつもりじゃなかった。すぐに良くなると思った。さすがに、でも、いろいろ無理しすぎちゃったのかも」

缶コーヒーを飲みきったらしく、江南さんが立ち上がった。お世辞にも足元がしっかりしているとは言えず、若干左右に揺れてしまっている。この季節だ。体調の悪さによる寒気が合わさって、気分は非常に悪いだろう。

「帰る。わたしは一人で大丈夫」

「……大丈夫、ね」

本気で言っているのだろうか。とてもそんな感じじゃない。

あいにく、今日は元日で、ほとんどの病院が開いていない。この人を放置して、一人で帰るなんて選択肢を選べるわけがなかった。

「俺も行く」

「……いいって」

「無理なものは無理だ。初詣に付き合わせてしまった俺にも責任はある。それに、もっと早く気づくべきだったとも思ってる」

なんで、こんなにも人を頼ることを嫌がるのだろう。そのくせ、中途半端に他人を使おうとしていて、一貫性のない態度のように感じられた。

「わたしは……」

一度、なにかを反論しようとした。しかし、唇の動きに音が伴わず、最終的にあきらめたように口を閉ざしてしまった。

――いったい、なにを言おうとしていたんだろう。

疑問がよぎるが、今はそんなことを気にしている場合じゃない。無言になった以上、俺の提案を受け入れたとみるべきだ。

あまり人目につかないように江南さんを支えて、神社から外に出る。

相変わらずの人だかり。目の前には自動車が走っておらず、駅前に行かないとタクシーを拾うことすらできなかった。

タクシーの後部座席に江南さんを乗せ、助手席に腰を据える。

ちら、と後ろを振り返ると、背もたれにだらんと寄りかかる江南さんの姿。

俺は、運転手に行き先を告げて、今日一番のため息をこぼしたのだった。

第四章　壊れたもの

1

江南《えなみ》さんたっての希望で、病院には行かず、家に送っていくことになった。

やっぱり、病院がちっとも開いていない。開いているところは混んでいるようだったので、ただの風邪であれば家で静養したほうがいいだろう。インフルエンザの可能性もあったが、ひとまずは2、3日様子を見ると江南さんが言っていた。

膨大なタクシー料金は江南さんが精算し、1時間以上かけて江南家の近くまでやってくることができた。道中、ずっとしんどそうにしていたから、気が気じゃない。

「大丈夫？」

「なんとか……」

平気なふりをしていたというものあるが、体調自体も徐々に悪化しているようだ。

長時間、俺たちを乗せたタクシーが走り去っていく。江南さんの様子を見ても嫌な顔一つせず、急いで運転してくれた。本来であれば、もう20分くらいはかかってそうだ。

江南さんを支えながら歩く。道は江南さんが教えてくれた。ゆっくりとしたペースで進んでいくと、やがて一つのマンションの前で立ち止まった。

「これ」

このなかに、江南さんの家があるらしい。

外観は、きわめて普通。ベージュを基調とした配色となっている。駐車場がマンションのそばにあり、20台くらいが駐《と》められていた。自転車置き場もある。築年数が古そうだし、高級そうな気配もなかった。

俺たちは自動ドアをくぐりぬけて、なかに入った。

どうやら6階建てらしい。郵便受けは、100番台から始まり、600番台で終わっている。江南さんの家は5階にあるようで、503に「江南」の二文字が記載されていた。

郵便受けのなかは、かなり寂しげだった。

「……年賀状全然来てないなって思ってる？」

「ちょっと思ったけど、うちも似たようなものだし、特に他意はない」

「そ」

そういえば、江南さんの家族構成ってどうなっているんだっけ。非常にえぐい内容だったことだけ覚えていた。そんな家に、俺が上がってもいいものか。

――遠慮している場合じゃないよな。

浮かんだ考えをすぐに打ち消す。正直、家に送って、そのままサヨナラじゃいけないと思っている。最低限の看病くらいしないと心配だ。

エレベーターに乗り、5階にたどり着く。エレベーターに最も近い位置のドアに、503というレリーフがあった。江南さんが、鞄《かばん》のポケットからカギを取り出す。

がちゃり、という音が虚《むな》しく響いた。

建てつけがよくないのか、ぎぃと軋《きし》みながら玄関のドアが開く。

三和土《たたき》には、無造作に置かれた靴。すべて女性ものだった。そこで、一つ思い出す。

(父親ってのが、いないのと同じような感じで)

家の中に立ち込める空気が、急にずっしりと重くなったような気がした。

今さらながら、俺は思う。

ここは、江南さんの家だ。誰も近寄らせようとしなかった江南さんが、普段生きている場所。虎穴に入ったような寒々しさが俺の全身を襲っていた。

きっとそれは、パンドラの箱。幾層にも折り重なったそのうちの一つが剥がされたような感覚があった。ここにはきっと、本来、俺が見てはいけないようなものが転がっている。見る権利のない俺が、どさくさに紛れて侵入してしまった。他の人の家に入るときにはない緊張感に喉をごくりと鳴らした。

対して、江南さんからは思考力が抜けている様子だ。淡々と靴を脱ぎ捨てて、まっすぐ延びる廊下に足を踏み入れた。

「……おじゃま、します」

今さら、俺は小さな声でそう言った。

江南さんが家に入ったとき、誰にも声をかけることがなかった。ここには江南さん以外いないのかもしれない。そう考えたとき、また一つ、脳裏によみがえった。

（母親がちょっと精神的に病んでるんだよね）

同じように靴を脱ぎ、段差を乗り上げた俺は、ちょうどその奥を目でとらえることとなった。

さっきよりも強い緊張感。

リビングに通じていると思《おぼ》しきそのドアは、固く閉ざされていた。ドア上部のすりガラスを何かが覆っていて、その内部をうかがい知ることができない。

心臓が、きゅうっと締まる。それから、全身の血流が波打つ。肌に、目に見えないものが突き刺さっているような錯覚。俺は、つい、そこで立ち止まってしまった。

俺の肩に寄りかかっていた江南さんが言う。

「……あんたはもう帰って」

江南さんの体重が壁にかかる。自由になった俺は、それでも動くことができずにいた。

「……いや」

かろうじて漏れたのは、そんな二文字だ。ここにいていいのかという疑問とともに、ここで立ち去っていいのかという不安感もあった。その二つが俺のなかでせめぎあって、徐々に後者が勝っていく。

「さすがに心配だから、俺にできることをやっておくよ。それが終わったら帰る」

「……ん」

しゃべる気力もあまりないようだ。廊下の奥ではなく、その横に設《しつら》えられたドアの一つを開く。

そこに広がるのは6畳くらいの部屋。内装から判断するに、江南さんの部屋なんだろう。驚くほど殺風景だ。まるで、安いホテルの一室のよう。生活感が一切なく、ほとんど寝るためだけのスペースなんだろうと思わされた。白いベッドが隅に置かれていて、江南さんをそこまで導いてあげた。

「俺、いろいろ買ってくるから休んでて。俺がいるとできないこともあるだろうし」

江南さんは、ベッドに腰かけて体を脱力させている。まだコートを着たままだ。一人で着替えができるか心配だったけれど、こればかりは仕方ない。

マンションから出た俺は、スマホでドラッグストアを検索する。と、意外と近くには存在しないようで、駅前に行かないといけないことが判明した。なるべく急ぎ足でその場所に向かい、冷却シートやカップのおかゆ、ゼリー飲料、スポーツドリンクなどを購入した。

そのまま帰ろうとしたところで、ふと思いつき、スマホでメッセージアプリを開く。

——元日だし、忙しいかもしれないけど。

送信先は、西川《にしかわ》。男の俺よりも、やれることが多いはずだ。江南さんを一人にするのは心配だし、力添えが欲しいと思った。

既読は、びっくりするほどすぐにつき、了承してくれた。

西川は交友関係が広いし、一人で暇してたとは考えづらい。それでも、二つ返事で了承してしまうあたり、西川にとって江南さんの存在は大きいのかもしれなかった。

江南家に戻ると、江南さんは苦しそうな顔でベッドに横になっていた。

「とりあえず、水分はこれでとってくれ。あと、お腹《なか》すいてるか？」

「どうだろ……」

目が虚《うつ》ろだ。エネルギー補給よりも、休みたいという気持ちが強いのだろうか。せめてゼリー飲料だけでもと思い、スポーツドリンクとあわせて手の届く位置に置く。購入した冷却シートの一枚を江南さんに渡した。

「ありがとう」

俺はきょろきょろと辺りを見渡す。ドラッグストアで体温計までは買わなかった。当然家のどこかに置いてあると予想したからだ。

しかし、見つけることができない。

「体温計、どこにあるかわかる？」

かすれぎみの声で返ってきた。

「どう、だっけ。もしかしたら、ないかも」

部屋のなかをあさるわけにもいかない。ベッドの横にある机やキャビネットの近くまで行き、目視で確認するが特に見つけることはできなかった。ないのであれば、買っておけばよかったと後悔する。

「感覚で、なんとなく、わかる。たぶん、38度くらいじゃないかな……」

「38度、か。微妙なところだな」

「伝染《うつ》ると悪いし、わたしのことは気にしないで、いい、から」

言葉を発するたびにしんどそうな表情を浮かべる。問題なのは、江南さんのことを見てくれる家族がいないことだ。あえて言及を避けたが、江南さんの態度からして、あまり期待できそうになかった。

この部屋の暖房はきちんと働いている。にもかかわらず、俺の体は冷え切っていた。

家に入ったときから生じた緊張感は、未《いま》だに抜けていない。

そして、その理由がさっきようやくわかった。

音がなさすぎるのだ。家族と一緒にいるのであれば、もっとにぎやかであってもおかしくない。話し声、笑い声。あるいは、ののしり合う声であってもいい。そこに人と人とのコミュニケーションがあれば、こんな荒涼とした雰囲気にはならない。

苦しそうな吐息が耳に届く。俺は暖房の温度を調整しながら、床に座り込む。

「迷惑かもしれないけど、もうちょっとここにいるよ」

仰向《あおむ》けになりながら、横目で俺のことを見る。俺はつづけた。

「きっと、一人だと困ることもある。それに、さっき西川を呼んだんだ。すぐに向かうって言ってたから、あと少ししたら到着するんじゃないかな」

「……西川。なんで」

「女子同士でないとできないこともあるだろうし。もちろん、江南さんが大丈夫だって判断できたら、二人ですぐ帰るよ」

江南さんが口を閉ざす。

なんとなく、江南さんを一人にしておきたくないという気持ちもあった。クリスマスの日、小雨の降るなか、一人で帰ろうとした江南さん。あのときの心情に近いものがあった。

「勝手にして」

帰るように説得するのも億劫《おっくう》だったのか、それ以上突っ込んでくることはなかった。

江南さんは、体を壁側に向けてしまう。

もう話すことはないという意思表示だ。もしかしたら、家に上げたこと自体、不本意だったのかもしれない。怒っている可能性もあったが、放っておくよりはいいと思った。

腕時計の短針は、10と11の間を指している。12時前には帰ろうかと考えたところで、俺の目が自然と一つのところに吸い寄せられていく。

「あれ……」

さっきまで気がつかなかった。体温計を探しているときは、それらしき形状のもの以外を意識することがなかった。だけど、こうやってなにもない状態でぼんやり眺めていると、机のうえに、ぽつんと置かれたそれに気づくことができた。

飴《あめ》だ。

クリスマスの日。言い訳がましく渡した、すだちの味の飴。緑色の包装が、妙な存在感を放ちながら、堂々と居座っていた。捨てられることも、食べられることもなく、渡したときの状態のまま、窓から差し込む日差しに照らされている。

そして、その飴の横に、写真立てが倒れているのが見えた。

俺はゆっくりと立ち上がる。ベッドのうえの江南さんには動きがない。もう寝てしまったのだろうか。足音を立てないようにして、倒れた写真立ての前に行く。

軽はずみな行動だった。写真立てが倒れているのは偶然で、前に表面をさらすのが本来の姿だと思い込んだ。だから、なんの疑いもなく、その写真立てを起き上がらせてしまった。

後悔は、直後に来た。

「あ……」

ダメだ。これは、絶対に俺が勝手に見ていいものじゃない。にもかかわらず、その写真立てに掲げられた一枚の写真から目が離せなかった。呆然《ぼうぜん》と、立ち尽くすしかなかった。

写真立ての表面のガラスが割れている。放射状にひびが入っていて、中央に近いほどひびが細かい。そのせいで、その写真の半分くらいを白くつぶされてしまっている。

割れたガラス越しに見るその写真は、それでも家族写真とわかるものだった。

映っているのは、おそらく四人。場所はどこだろう。背景に石造りの建物が見えた。どうやら日本ではない。旅行中なのかもしれない。

顔はほとんどわからなかったけれど、父親、母親、その息子だとわかった。江南さんもそこに一緒に写っている。江南さんの位置は、ひび割れから遠く、その表情だけははっきりと見ることができた。

穏やかな表情。いつも眉間にしわを寄せている江南さんとは違う。

普通の女の子のような、幸せな家庭にいる女の子のような、可愛《かわい》らしい雰囲気。

こんな江南さんが、かつてあったのだという現実を突きつけられた。

「……」

過去に何があったのかは知らない。

今俺がいる場所には、その残骸すら存在していないような気がしている。

これが、「壊れたもの」の正体なのか。こんなにも、明るそうな家族が俺の眼前には現れてこない。

当然のことながら、俺の勘違いということもありうる。江南さんの言っていたことやこの家の雰囲気から察しているだけで、今もなおここにそんな家族が存在しているのかもしれない。

でも、なぜか、俺にはそう信じることができなかった。

俺は、急ぐようにその写真立てをもとの状態に戻した。

江南さんは、まだベッドのうえで横になっている。俺の行動に気づいたようではなくて、ほっとした。

「あんた、さ」

急に江南さんから声をかけられた。どうやら、まだ寝ていなかったらしい。心臓がびくっと跳ねた。

「な、なに？」

「……わたしの寝こみでも襲うつもりなの？」

「んなわけないだろ」

ま、そうだよな。クラスメイトとはいえ、男子がいる状態で寝ることなんてできるわけがない。多少なりとも警戒心を抱えることになるだろう。

「でも、男を家に上げたら最後って、誰かが言ってた」

「誰が言ったかは知らないけど、俺がそんなことをする人間に見えるのか……。今だって、この状況は結構とんでもないよなと考えてるけど」

もう一度、スマホを見る。必要なものは買ったと伝えてあるので、直行してくるはずだ。西川が早く来てくれることを祈るしかなかった。

あんまりうろちょろしないよう、部屋の中央に戻ろうとしたところで暖房から吐き出される風が、床に落ちていたなにかをさらって、俺の足元に運んできた。

靴下とこすれて、小さな音が出た。

――なんだ？

どうやら、ゴミのようだ。紙の切れ端。ゴミ箱を探しながら、それを手に取った。

ゴミ箱は、部屋の隅に置かれている。あそこに捨てればいいかとか考えながら、その切れ端を眺めた。

青い紙片だ。結構、分厚い。裏面は白く、もともとどこにあったものか想像もつかない。

――でも、なんで。

不思議だった。俺は、これを見たことがある。すぐにそう直感した。

青いほうをよく見てみると、切れ際になにかが印字されているのがわかる。右上から左下に弧を描く短い線。それ以外は印字されているものがない。

心臓の鼓動が徐々に速くなる。

頭のなかで、デジャヴの正体が姿を現していく。

見た。間違いなく見た。どこでだ。つい最近だった記憶がある。江南さんと俺との接点。この冬休みのなかで、いったいなにがあったか。

そして、自然とあの時の光景が目に浮かんで、もっと過去にさかのぼって、さらに細部がクローズアップされていき……。

瞬間、俺の脳裏に鈍器でがつんと殴られたような強い衝撃があった。

なにも受けつけなかった鍵穴に、鍵が差し込まれる。

俺が見たこともない、見るべきでもない、そんな深奥につながる扉がゆっくりと開かれていく。

震えた。言葉が出なかった。

本当に、俺はここに来るべきじゃなかったのだ。こんなものを見つけるくらいなら、寝ている江南さんを放って、一人で帰るべきだった。そうすれば、こんなにも胸が痛くなることも、全身を覆う怖気《おじけ》に支配されることもなかった。

「あんた、いったい、そんなところで突っ立って、なにやって――」

背後から聞こえてくる江南さんのかすれ気味の声。俺は、壊れかけた扇風機みたいな動きで振り返った。

江南さんは、俺の表情を不思議そうに見て、それから、俺の手にあるものに目を凝らす。

ゆっくりと、江南さんの目が大きく見開かれた。

そこにあったのは、焦り、だった。

「ちょっと、人の物を勝手に――」

「江南さん、これ……」

もう見てしまった。見なかったことにすることはできない。

俺は、江南さんに近づく。一歩一歩が重かった。四歩ほど前に進んだところで、ベッドのわきに足が届いた。

江南さんと俺の目が合わない。俺も江南さんも相手を直視することができなかった。

「あの、さ……」

青い紙片が、右の掌《てのひら》に乗っかっている。それを、江南さんの目の前に掲げた。

そして、俺は言った。


「これ、予備校のテキスト、か」


耳鳴りがする。全身の血流が、冷たさを湛《たた》えながら駆け巡っている。

間違いなかった。俺が、このゴミのような切れ端に見覚えがある理由。

冬期講習中、何度も見た。自分のものと、そして江南さんのものを、望む望むまいにかかわらず表紙を含めて視界に収めていた。

この紙は、テキストの表紙。

右上から左下に弧を描く短い線は、冬期講習の「冬」の字の一画目。

テキストの表紙の色と、この紙片の色は、遜色なく一致していた。

「冬期講習のテキスト、なのか」

繰り返す俺の声に、江南さんは目をつぶった。

こんな問い詰めるようなこと、するべきじゃない。体調を崩している江南さんに、追い打ちをかけるようなこと、してはいけない。でも、どうすることもできなかった。どうしたらいいのかもわからなかった。

ただ、俺は、否定してほしかった。

破れたテキストなんかではなく、俺の勘違いであってほしかった。

江南さんが、「違うよ」と言ってくれるのを待つことしかできなかった。

つぶれるくらい強く閉ざされたまぶたが、開かれる。

江南さんの瞳には、かつて見たような薄暗い影が広がっていた。

「そう……」

淡々と、江南さんが言った。

「あんたの言う通り。テキスト」

俺の期待など、一切汲《く》まれることなく、そう吐き捨てられた。

「嘘《うそ》をついてた。ごめん。テキストをなくしたんじゃなかった。使えなくなった」

「……ほんとに、俺と一緒に受けてたときのやつなのか？」

「今度は嘘じゃない」

嘘であってほしかった。こんな現実を江南さんが抱えていたなんて考えたくなかった。

言いたいことはあった。自分の内側にとぐろを巻くこの感情を吐き出さないと壊れてしまう気がした。でも、それらは結局言葉となることはなく、延々と俺のなかでわだかまるより他なかった。視界がぐらつき、呼吸をしているのか自信がなくなってくる。

今度こそ、なにかを言おうとして、口を開く。

なにか。なんでもいい。自分の感情を形容する言葉でも、くだらない世間話でもいい。天気の話でもいい。なんでもいいから、俺の内部にあるそれをぶちまけなければ、立っていられないと思った。

それでも、だめだった。

驚くほどに、なにも出てこない。空っぽの容器を逆さにしても、どうにもならないのと同じだった。

沈黙が長くつづく。

苦しかった。

ほんの数十秒程度なのかもしれないが、そうは感じられなかった。

こんこん。

沈黙を切り裂くように、突如、玄関からノックの音。

その響きは、俺たちの間に横たわるものを取り払ってはくれなかった。

2

「お待たせ。なおっち」

西川が、マンションから降りてくる。

どれくらい時間がたったのだろう。俺にはよくわからなかった。

待ちぼうけとなった西川からの電話で我に返った俺は、西川を江南さんの家に上げた。

様子のおかしい俺と江南さんに気づきながらも、いつもの明るさで場をとりなしてくれ、詳しい状況を訊かずにやるべきことをやってくれた。まだ着替えを済ませていない江南さんの着替えを手伝うということだったので、お払い箱になった俺は、一人、マンション前の花壇の縁に腰かけることとなった。

ずっと考えていた。俺が見落としていたことを、意味もなく考えつづけていた。

俺は、甘かった。江南さんが、どんな思いで過ごしているのか、理解できていなかった。

この感情は、なんだろう。悔しさなのか、罪悪感なのか、それとも別の感情か。

いろんなものがぐちゃぐちゃになってしまって、もうなにもわからなかった。

「……」

沈黙。西川に対しても、なにを話せばいいのかわからなかった。

俺の傍《はた》に立つ西川が、大きく息を吐く。

「……まったく」

優しい声音だった。そして、俺の隣に腰かける。

西川の顔はきちんと化粧されていて、本当に出かけている最中だったのだと理解できた。

あんなに急いでいた西川が、わざわざ化粧をしてからこっちに来るとは思えない。どうして俺が苦しんでいるのか、西川に説明していいものか俺は迷っていた。

「無言じゃわからないって。そもそも、なんで二人が一緒にいるのかもわからないけどさ」

情けないことに、そこまで言われてなお、俺は言葉を発することができなかった。

ただ、西川のことをまじまじと見るだけだった。

「あ、わたし？」

と、どういう解釈をしたのか不明だが、西川が話しはじめる。

「わたしは、中学のときの友達と一緒に初詣に行ってた。ほんとは、このあとご飯食べたりする予定だったんだけど、抜けてきちゃったんだよねー」

やっぱりだ。申し訳ないことをしたと反省する。西川がつづける。

「でも、やっぱり、わたしにとっては梨沙《りさ》ちゃんが一番大事。だから、なおっちに言われて、迷うことなく、こっちを選んだ。なおっちが気に病む必要はない。わたしが、わたしの意志でこっちに来ただけだから」

気遣われたことで、ますます情けなさが増す。

心に根差した感情の渦が、いつまでも吹き荒れていた。時間が経《た》っても、こうやって江南さんと離れて考え込んでも、落ち着く気配すらなかった。

理解できてしまった。俺の前で起こりながら、いろんなことが通り過ぎてしまった。

西川が、前を見据える。

「……なんかあった？」

声に出す代わりに、小さくうなずく。

そ、と興味なさそうに西川が言う。俺のほうは見ず、車道を通り過ぎていくバイクを目で追っている。

「わたしはね」

独り言のようなトーン。俺は、顔を少しだけ隣に向けた。

「前にも、梨沙ちゃんの家に来たことがあるんだ」

　俺が連絡したとき、西川は江南さんの家の場所を訊《き》いてこなかった。にもかかわらず、まっすぐここに来られたのは、もとより場所を知っていたからだろう。

「そのときも、梨沙ちゃんはあまり家のなかを見られたくないみたいだった。今日と同じで、リビングの扉は閉ざされていて、全体的に暗かったのを覚えてる。異様な雰囲気でね、ここにずっと長くいるのはしんどいなって思った。でも、梨沙ちゃんは、その家にずっと暮らしてる。だから、わたしは梨沙ちゃんが放っておけないの」

　いつものおちゃらけた感じが一切ない。それだけ、真面目に語ってくれているのだろう。

「もう一度訊くね。なにか、あったんでしょ」

　西川がこちらを向くのと同時に、俺は顔をそらしてしまった。

　もう、一人で抱えるのは無理だと思った。

　だから、俺は話した。さっきまでが嘘のように、俺の言葉は流れるように口先から放たれた。一緒に初詣に行ったこと。体調が悪くなった江南さんを送ったこと。そして、江南さんの家で見つけてしまったもののこと。

　一つ一つを伝えるたびに苦しみに襲われる。話せば楽になるなんて幻想だった。話しても話しても、次から次へと感情が湧き上がり、俺を苦しめる。「人生は地獄よりも地獄的である」と芥川龍之介《あくたがわりゅうのすけ》は書いた。その通りだった。他人を傷つける刃というのは、こんなにも身近に存在していた。そして、その刃を振り下ろしたのは、間違いなく俺だった。

気づけば、俺の言葉は、また行き場を失っていた。

「なるほど……。そっか……」

俺の言葉を真正面から受け止めた西川は、悲痛そうな表情になる。

自分の苦しみを西川に分け与えてしまった。なのに、俺はさっきよりもいっそう辛《つら》い気持ちになり、膝のうえで強く拳を握りしめた。

「そっか。なおっちも、そうなんだ……」

うわごとみたいに、ぼんやりと西川が言う。打ちひしがれているだけじゃない。そこには、西川にしかない感情が垣間見《かいまみ》えた気がした。

「梨沙ちゃんは、強いように見せてるけど実は弱い。弱いから、他人と関わらない。だから、なおっちと関わるようになったときは驚いた。でも、今、なんとなくわかった」

「……どういう、意味だよ」

「そのままの意味。悪い意味で言ってるんじゃないよ。そういうことをそこまで怖く感じられる人だから、梨沙ちゃんも一緒にいられるんだろうなって」

膝に置かれた手を開いた。かつて喧嘩《けんか》ばかりしていた手。今は、ペンを握ることがほとんどになった。

俺はあのときから変われているのだろうか。俺だって、強くなったわけじゃない。江南さんの家でたまたま見つけてしまった事実に、こんなにも心を乱されている。

「わたしには、なおっちの気持ちがわかる。わたしもそうだったから」

顔を上げた。そうだった？　どういうことだろうか。

「わたしだって、辛い。いつもそう思ってる。わたしにできることなんてほとんどない。せめてなるべく一緒にいて、笑顔にさせるしかない。でも、ふとしたときに、梨沙ちゃんを守りきれないときが必ず来る」

「やっぱり……」

俺は、背中を丸めて、小さくつぶやいた。

「あれは、江南さんの――」

「うん。きっと、梨沙ちゃんのお母さんの仕業だと思う」

聞きたくない答えが返ってきた。

あのリビングに通じる分厚いドア。その先になにがあるのかまるで見えなかった。

でもやっぱり、そこには人がいて、あの緊張感を作り出す一因となっていた。

「たぶん、わたしはなおっちよりも梨沙ちゃんのことを知ってる。だって、1年以上の付き合いだもん。だから、いろんなことがあったのを聞いてる。そして、梨沙ちゃんは、自分でテキストを破くなんてこと、絶対にしない」

「俺もそう思う」

だって、江南さんはちゃんと予習をしていた。テキストを紛失したと言って、わざわざ俺を呼び出してまでコピーを取っていた。自分で破いて、嘘をつく理由なんてどこにもないのだ……。

「知らなかった」

つい最近に起こったことをいくつも思い返しながら、祈るように言った。

「本当に知らなかったんだ……」

自分の頭のなかで、今まで得た情報のすべてを丁寧に整理していく。

メッセージアプリに江南さんから連絡があったのは、25日のことだった。24日の講習で、ちゃんと江南さんはテキストを持ってきていた。講習は毎日行われるから、テキストが破かれたのは、その間しかありえない。

(わたし、クリスマスって嫌いなんだよね)

そう、クリスマスだった。12月24日の夜から、25日までのことを人はそう呼ぶ。

(だって、なにを祝えばいいかわからない)

本来であれば、家族や恋人と一緒に、今の幸せを分かち合う日だった。

おいしいものを食べて、肩を並べて座って、にぎやかな光景を目に焼きつけながら、心躍るままに幸せを享受する日だった。

俺の脳裏が、勝手な想像を膨らます。

帰ってきた江南さんの前に、その人が現れる。どんな人で、どんなことを言って、どんな表情をしながらそれを実行したのかはわからない。

　でも、聞こえる。

　冬期講習のテキストが、一人の手によって破かれる音が。

(クリスマスだからってなにかいいことが起こるわけじゃない)

あの日、江南さんが語った言葉も含めて、聞こえてきてしまう。

びり、びりり、と残酷な音を立てて、崩れて、壊れて、散り散りになっていく様を、絶望感を湛《たた》えた表情で、黙って見つめるしかない人の姿が浮かんできてしまう。

(誰かがそう思い込んだところで、全然関係のない形でいろんなことが起こるし)

そんな江南さんの前でも、その行為は収まることはない。執拗《しつよう》に、念入りに、何度も何度も何度も何度も……。

　そのたびに、心ごと破かれるような感覚まで味わって、でもどうすることもできなくて、暗闇のなかで一人耐えるしかなかった。

(メリークリスマス)

コンビニの駐車場で、そんな言葉を発したとき、いったいどんな気持ちだったのだろう。

　——そして。

それだけじゃ、なかった。

江南さんにとっての悲劇は、まだ終わらなかった。

25日の冬期講習を終えた俺たちは、1階の休憩スペースで雨が止《や》むのを待つことにした。

花咲《はなさき》がSNSで話題のキャラクターの話をはじめ、そこからいつのまにか俺の妹の話に移っていった。

やがて、西川が言った。

（えー、どんな妹なの？）

きっと、西川も、こんなことになっているとは考えもしなかった。

俺も同じだ。

そんな俺が、そのあとに、なにをしたか。

とっさに思い当たる写真が、直近に撮った例の写真だった。俺は、スマホを取り出して、自分のライブラリからそれを選択し、その場にいる全員の前に見せつけた。

――そこに、江南さんにとって、これ以上ない残酷な光景が映っているとも知らずに。

豪華な料理が、たくさん並んでいる。

紗香《さやか》と親父《おやじ》が、俺に寄り添いながらカメラに笑顔を向けている。

煌々《こうこう》とした明かりのなかで、クリスマスという一日を謳歌《おうか》している。

そんな写真が、突然、江南さんの前に現れた。

江南さんの目に、それはどう映ったのか。

片や、笑い声の響く余地もなく、苦しみを耐えるだけの一日だった。

片や、家族に囲まれながら、美味しい料理を食べて、最高の一日を送った。

そんな恐ろしいほどの隔絶を目の当たりにして、なにを思ったのだろうか。

実際、江南さんの様子はおかしかった。

口数が減り、西川に心配されて、急に立ち上がり、雨の降る外に飛び出して——


「……っ」


唇をかみしめた。

なんだそれ、と思う。一人で抱えて、一人で勝手にショックを受けて、白鳥が水のなかを必死でもがいているという逸話と同じように、もがき、あがき、苦しんでいた。

これが、他人《ひと》を寄せつけずに生きてきた江南さんの正体なのか。

そんなのはあんまりだ。西川の言う通りだ。全然、強くなんかない。誰も何とも思わないことに傷ついて逃げて、今もなお、あの部屋のなかで熱にうかされている。

――でも。

俺は、目をつぶった。

でもそれ以上に、自分を許すことができなかった。

気づくことはできなかったのか。ヒントはたくさんあった。そのどれかでも、ちゃんと拾ってあげられれば、江南さんを苦しめることはなかったはずなのだ。

悔しくて、悔しくて、つい奥歯をぎしりと言わせてしまう。

感情を制御しきれずにうつむいていると、西川の手が俺の肩にかかった。

「ね、なおっち。なおっちは、自分を責める必要なんてない」

そこには、淡い笑みを浮かべる西川がいた。

「今回のことは、いや、その以前から、わたしが悪い。だって、なおっちにわたしはなにも教えなかったから。その挙句、なおっちにあの写真を見せるように言っちゃった。全部、わたしが悪い」

「そんなことは――」

しかし、西川はかぶりを振る。

「わたしも、自分のことを責めたいわけじゃない。もとはといえば、誰にも本心を明かそうとしない梨沙ちゃんだっていけないんだと思う。ただ、間違いなく言えることは、なおっちにはなんの非もないってこと」

西川が言っているのは、12月のはじめ、先生に呼び出されたときのことだろう。江南さんを心配する先生の前で、西川はなにも話そうとはしなかった。教室に戻る道すがら、そのことには特に触れず、ごまかすようにその場を後にした。

「ごめんね、なおっち。謝ってほしくないかもしれないけど、謝らせて」

「……西川は、先生の言っていた疑問の答えを知ってる？」

「うん」

「やっぱりか」

江南さんを心配してのことなのに、これ以上突っ込んでくるなと言わんばかりに、すげない態度で接していた。知っていて、江南さんと一緒に隠そうとしたのだ。

当然ながら、西川を責める気持ちは毛頭ない。こんな現実、誰だって伝えようとは思わない。誰彼かまわず教えてはならないものだろう。

「でも、なおっちには、伝えておこうって思った」

「いいの？」

江南さんのことだ。本人から直接話を聞いたほうがいいのではないか。

そう言うと、西川は「それでも」と強い口調で突っ返した。

「梨沙ちゃんから、この話を聞いたのは偶然だった。きっと、自分からこの話をすることが今後あるのかわからない。でも、なおっちは、わたしと同じだから知っておいたほうがいいと思う」

真剣なまなざしだった。だから、その覚悟を受け入れるしかなかった。

道路を挟んだ先で、電信柱が天を突き刺している。先端につるされた電線がたわみながら、他の電信柱とつながっている。無機質な景色に包まれながら、俺は手に汗を握っていた。

「梨沙ちゃんはね、一人になりたがってるの」

車道の白い線は剝《は》げかけていて、虫食いのようにところどころ色が消えていた。

「根本的に、他人のことを信用していない。信用できない。利用することはできても、寄りかかったり、心を開いたりすることはできない」

風が吹くたびに、名前も知らない灌木《かんぼく》が揺れる。俺の足元に排水溝があり、水の流れる音がずっと聞こえていた。

「人間はみんな過渡的なんだ、って梨沙ちゃんが言ってた」

過渡的。意味は、移り変わっていく途中だということ。こんなところで、自分の勉強量が生かされるのは不思議な感覚だった。

西川は、そのまま語りはじめた。

「みんな、どこかで思ってる。自分の考えに間違いはなくて、決して揺らぐものじゃないと信じてる。けど、本当はそうじゃない。生まれてから死ぬまでの間、ずっと変わらず同じ考えを持ちつづける人なんていない。過去の自分は、将来の自分がどんな考えになるのか想像することもできないし、やがて到達する考えのほとんどが、過去の自分が予想もしていないものだったりする。そのときの自分は、その考えが絶対で、過去の人生を経て勝ち得たものだと思ってしまうけど、本当は、いつだって、不安定なものでしかない。どれだけ、他人を好きになっても、信じても、その相手もまた、好きになって、信じてくれても、そんなものはどうせいつか揺らいでしまう。揺らがないとどれだけ強く思っても、時の流れに逆らえず、簡単に壊れてしまう」

一呼吸おいて、つぶやく。

「そんなふうに、梨沙ちゃんが、言ったの」

人の考えや関係性なんて、簡単に、消えてなくなる。

俺にも同様の経験がある。過去に起こった出来事が、いろんなことを変えてしまった。過去の自分には予想もできなかった。今の自分になることを想像できなかった。

「わたしも、梨沙ちゃんの過去に詳しいわけじゃない。でも、よほどのことがあったんだと思う。だから、過渡的な人間を信じることができなくなった。誰かと一緒にいるよりも、自分を優先することを選んだ」

「それが、誰にも自分の将来を話そうとしない理由……」

「うん」

卒業と同時に、きっと江南さんはいなくなる。

いったいどうするんだろうか。

免許を取って、バイトで貯《た》めたお金で車を買って、誰も江南さんのことを知らないどこかに消えていく。

そこには、江南さんを傷つける人間はいない。

けれど、江南さんを笑顔にしてくれる人も、たぶんいない。

寂しいという気持ちよりも、これ以上、傷つきたくないという気持ち。

一人で生きていくとは、おそらくそういうことだ。

「あんまりだ……」

次に芽生えた感情は、悔しさでも、悲しさでもなかった。

強い憤りだった。

「こんなの、あんまりじゃないか」

学校の階段を降りながら、江南さんは「あんたみたいになりたい」と言ってくれた。

でも、全然、俺とは違う。

俺は、一人になろうなんて思わない。過去があったからこそ知っている。誰かに支えられて、ようやく立つことができるのだと知っている。

いったい、あのときに話したことはなんだったんだ。

西川の目は、まっすぐに前を見つめている。

「わたしも、そう思う。一人になるなんて、あまりにも身勝手すぎる。これは梨沙ちゃんにも内緒にしてることだけど、卒業後も絶対に、梨沙ちゃんを一人にするつもりはないの」

力強い口調。それは、西川の強い意志を表しているように感じられた。

それから、西川は怖いくらいに真剣なまなざしを俺に向けた。

「なおっちは、どうする――？」

その質問に、即答することはできなかった。

3

結局、江南さんの家に戻る勇気はなく、スマホでメッセージだけ送って、家に帰ることにした。受けたショックが大きすぎて、電車を乗り過ごしたり、改札の前でＩＣカードを出すのを忘れたりするほどだった。

自宅についてもなおショックは抜けず、家事は一切手につかなかった。

「……直哉。どうした？」

親父にも心配される。例の子にフラれたのかと問い詰められたが、俺の反応からどうやらそうではないらしいと察してくれた。こんなことを、誰かに相談することもできない。

晩ご飯を食べ、自分の部屋に戻った俺は、勉強することもできず、ベッドのうえに仰向《あおむ》けに倒れこんだ。

白い天井が視界に映りこむ。

こうやって、一人きりになり、いつもの日常に帰るとさっきまでの出来事がすべて夢だったんじゃないかという気がしてくる。

江南さんと一緒に初詣に行ったことも、江南さんの家に入ったことも、そこから知ったいろんなことも、全部、なかったのだと信じたい自分がいた。

だけど、俺の記憶が、そんなわけがないと雄弁に訴えかけてくる。

人は各々、別々の事情を抱えている。そんなことは、重々理解しているつもりだった。

俺も、他人よりも重いものを抱えている。だからこそ、自分は江南さんの事情を知らなくても、自分なりにできることがあるのだと勘違いしていた。

――とんだ思い上がりだ。

自分の右腕を目のうえに置いて、天井から注がれる蛍光灯の光を塞いだ。

なにもできない。気の利いたことを言ってあげることも、江南さんの抱える悩みを払拭することもできない。西川みたいに、場を盛り上げて、元気づけることもできない。

無力だった。

ただ、打ちひしがれながら、こうやってもだえることしかできない。

(なおっちは、どうする――?)

まったく答えられなかった、西川からの問いかけ。

江南さんと関わるようになってから、俺の生活にも変化があった。一緒にいることに抵抗感はなくなったし、江南さんという人がどういう人か興味を持つようにもなった。

でも、それだけだ。

江南さんの実情を知って、それに対して行動を起こせるほど立派な人間じゃない。俺は、やっぱり一高校生でしかないのだ。

「クソ……ッ」

俺の拳はベッドに突き刺さり、スプリングに跳ね返された。

西川と俺とじゃ、覚悟が違う。中途半端な気持ちで、江南さんに関わるべきじゃなかったんじゃないかとすら思う。思えば、いつも西川は江南さんの立場で発言をしていた。仲がいいだけだと考えていたが、それよりももっと深い絆《きずな》が二人の間に存在するようだった。

その一方で、俺と江南さんにそんな絆などない。

自分にとって、江南さんはどういう存在なんだろうと考えたことはある。でも、最終的に結論を導き出すことはできなかった。

もちろん、江南さんは美人だし、異性として魅力的に映る。けれど、恋人になりたいとかそんな感情はない。なぜなら、俺には色恋沙汰にうつつを抜かす余裕はない。4年前にあんなことがあったのに、そんなことを考える資格なんてない。

だからって、あんな話を聞いてしまったら、どうすればいいのかわからなくなる。

関わりたい気持ち。関わりたくない気持ち。

なにかしたい気持ち。あきらめたい気持ち。

二律背反の感情が綯《な》い交《ま》ぜになり、壊れた万華鏡のように形をなさない。

ただ、雑音として、俺の心を荒らすだけだ。

暖房の風に当たって、壁にあるたくさんの貼り紙がなびく。

——学年一位死守
——東橋《ひがしはし》大合格
——努力あるのみ
などなど、かつての自分が書きなぐった文字が腕の下に見える。

昔、自分を奮い立たせるために、思いつく限り書いて壁に貼りつけまくった。たまに勉強が辛《つら》くなったときには、これを見て、また机に向かった。

勉強ばかりしてきた部屋だ。娯楽と呼べるものは小説くらい。ゲームはリビングにしか置いていないし、スマホにもゲーム系のアプリはインストールしていない。紗香の部屋の汚さを強く責められないくらいに、勉強に関するものが大量に置かれている。

ずっと走ってきた。

自分の罪を背負いながら、ひたすらに走ってきた。

失った自分にできることを、懸命に考えて生きてきた。それしか手段がなかった。

そうやって、走った先になにがあるかもわからない。いつまでも、こんなに情けない自分しか存在しえないのだとしても、どうすることもできなかった。

そんな俺が、誰かのために動くなんてこと、無理なんじゃないか……。

今日の出来事をすべて忘れて、もとの状態に戻せたらどれだけ楽なんだろう。脳裏に焼きついた江南さんの表情が離れない。西川の教えてくれたことが、耳元から離れない。真綿で締めつけられるみたいに、じわじわと俺のことをとらえて離さない。

俺は、どうしたらいいんだ……。

呪いのように、何度も自問自答を繰り返す。けれど、いつまで経《た》ってもその答えを出せる気がしなかった。

＊　＊　＊

「紗香、ちゃんと片づけしろよ」

「……ゾンビ？　ここが戦場なら、真っ先に排除されるよ」

　翌々日、1月3日の夜。2日経ったにもかかわらず、未《いま》だに暗い感情から抜け出せずにいた。だから、紗香の部屋に入り、散らかっているのを見てなお、体が動かなかった。

「てか、なんで部屋に入ってきてんの。許可した覚えがない」

「おまえの洗濯物を運びに来たんだ。そんなに嫌なら、自分で洗濯し、自分で乾かし、自分で畳むんだな」

「元気ないくせに、そういうところだけは変わらないんだ」

　体に染みついてしまっている。いくら上の空でも、自然と舌が回ってしまう。

　相変わらず、紗香はゲームばかりしているようだ。友達付き合いもあって、1日中やっているわけではないけれど、暇さえあればパソコンやゲーム機の前にいる。

「冬休みの課題もやっておかないと、あとで困ることになる。中学のときにはさんざん手伝わされたけど、もう高校生なんだし手伝わないから」

「1日で終わるんじゃない？　今焦ってもしょうがないし、やりたいときにやる」

　やりたいときなんて一生来ないだろう。いつものパターンで最終日に焦ることになる。

「兄貴は？」

「俺は、もちろんすべて終わってる。課題にいつまでも時間を取られたくないから、さっさと終わらせて自分の勉強に入ってる」

「……訊《き》いたあたしがバカだった。てか、兄貴基準で見られるとほんときつい」

「おまえの場合は、放っておくと終わらないから言ってるんだ」

パーカーやズボンなどを渡す。紗香の制服は、12月中にクリーニング済みだ。

紗香は、ベッドのうえに寝ころびながら携帯ゲーム機を操作している。

「辛気臭い顔で、辛気臭いこと言われるのは、もう一種のいじめだよね。せっかく、ゲームで遊んでて楽しい気持ちになってたのに」

ちなみに、紗香の手にある携帯ゲーム機には、某有名少年漫画のキャラクターが映っていた。テニス漫画なので、内容もテニスゲームとなっている。

「あ、やりたいって言ってもまだやらせないからね。ストーリーモード終わってないし」

「そんなことは頼んでないから安心しろ」

「そもそも、なんでそんな感じになったの？　うざいからそろそろやめて」

当然のことながら、俺が落ち込んでいることについてだろう。

「放っておいてくれ。俺は俺で大変なんだ」

「なに、大変って」

「紗香には関係のないことだ」

「……なら、好きにすれば」

紗香はちょっと怒っているようだった。用は済んだとばかりにゲームに戻る。

もしかして、あんな言い方で心配してくれたのだろうか。気恥ずかしくて、あんな遠回しになってしまったのかもしれない。そう思うと、申し訳なくなる。

「あんまり気にしないでくれ。紗香に迷惑をかけるつもりはない。そのうち、なんとかするから、それまでは我慢してもらいたい」

しかし、紗香は顔を上げない。ボタンをかちかちする音だけが聞こえてくる。

「紗香？」

無視か。ゲームに集中して、俺の声が聞こえていない可能性もある。

これ以上、ここにいても仕方がない。紗香の部屋を出ようとしたところで、すごく小さな声が俺の背中にぶつけられた。

「……ったく、そういうことじゃないんだって……」

ドアノブをつかんだまま停止するが、空耳かもしれない。すぐに部屋の外に出た。

紗香の言う通り、三が日の間、ずっと俺はこんな感じだった。

かろうじて、勉強や家事はこなすことができたけれど粗が増えてしまい、変なケアレスミスをしたり、誤って皿を割ってしまうこともあった。

悩んでも答えが出ない。だからといって、忘れ去ることもできない。

ひたすらに自分の精神が削れていくのを放っておくしかなかった。

元旦以降、西川からも江南さんからも連絡はない。体調はよくなったのか、それともまだ熱があるのかもわからない。

何度も、スマホでメッセージを送ろうとした。

そのたびに、自分のなかでいろんな思いがせめぎあい、決断することができなかった。

このままではいけない。逃げずに、今の状況に向き合わなければと思うものの、明日、また明日と先延ばしにしてしまう自分がいた。

先延ばしにしたところで楽になるわけでもないのに、今の状況を直視するのが怖くて仕方がなかった。


「直哉」

紗香の部屋を出て1時間。俺の部屋にノックの音がして、そのあとに親父《おやじ》の声がつづいた。

「なに？」

扉越しに訊くと、親父はこう言った。

「さすがに、おまえ様子がおかしいぞ。なにかあっただろ」

「別に……」

すぐにあきらめてくれなそうだったので、部屋の扉を開けた。珍しく神妙な顔をした親父がそこに立っていた。

「今、入っていいか？」

「いいけど」

そういえば、親父が部屋に入るのはずいぶんと久しぶりだな。基本的に親父は、1階でぐうたらしていることが多い。

パジャマ姿の親父は、出っ張ったお腹《なか》をさすりながら部屋に足を踏み入れる。俺の知らないところでこっそり間食しているのかもしれない。床をギシギシさせつつ、俺のベッドに腰かけた。きょろきょろと室内を見渡している。

「……お前の部屋は、相変わらず生真面目な感じだな」

「そんなどうでもいいことを言いに来たの？」

「違うって。こんなの、ちょっとした親子のコミュニケーションだろ」

俺は、自分の机の前に座る。勉強中だった。机のうえには、参考書が広げられていた。

デスクライトを切って、回転いすを親父のほうに回す。

「で、なに？」

「警戒しなくてもいいだろ。もっと気楽にしてくれよ。たかが親父だぞ」

自分で「たかが」とか言ってしまうから、威厳がないんだなと思った。

背もたれに体重をかけ、組んでいた足を元に戻した。

親父が言った。

「俺に、なにか相談することはないか？　誰にも言わないし、ふざけたりもしない。男同士の約束だ」

……心配をかけすぎてしまったな。

申し訳なかった。江南さんに言われたように、俺は表情に出やすいタイプだ。そのうえで、いくつもやらかしがあれば、さすがに見過ごせないんだろう。

しかし、俺は素直に甘えることができなかった。

「結論から伝えると、相談することはない」

すぐに、親父は残念そうな顔になる。久しぶりに、親らしいことができると張り切っていたのかもしれない。

俺は、さらに付け加えた。

「正確に表現すると、相談できることがない。相談したくても、できるようなものじゃないんだ。親父のことを頼りにしていないわけじゃない」

「相談、できない……？」

うなずく。

あまりにも深刻な家庭事情の話だ。親父が言いふらす言いふらさないにかかわらず、話してはいけないものだと認識している。

「なるほど」

今の言い方でわかってもらえただろうか。親父は腕を組み、眉間にしわを寄せた。

いつもはバカなところしか見せないが、この人も立派な大人なのだ。人生経験や社会人としての教養は、間違いなく親父のほうが上だ。

せっかく心配してくれたのに、と引け目を感じたところで、親父が顔を上げた。

「そうか、うまくいかなかったか……」

「ん？」

ベッドから立ち上がり、俺のそばまで来て肩を叩《たた》く。

「直哉、ショックかもしれないけど、気にする必要はない。こういうのは、一つ一つを積み重ねて、少しずつうまくなっていくものなんだ。男としては、と意気込む気持ちもわからなくはないが、まずはなによりも誠意を見せることが重要だ」

なんでこの人は、一を聞いただけで、ここまで知ったようなことを話せるのだろう。

確かにショックだった。うまく話すことができなかった。

そこに悔しさを覚えているのは、間違いなく事実だった。

「難しいことだ。成長していくうえで、どうしても避けては通れないことだ。おまえも大人になったということだから、俺はうれしいぞ。でも、やっぱり、初詣にはその子と一緒に行ったんだな。ちゃんと教えてくれればよかったのに」

いや、なんで今の流れで江南さんと行ったことがバレるんだ？

「それにしても、最近の若い子の感覚はわからないな。クリスマスならともかく、元旦なのか。ちょっとそこだけは、父さん驚きだったぞ」

なにやら、きなくさくなってきた。俺は、こめかみをおさえた。

「親父、なんの話をしてるの……？」

「なにって、そんなもん決まっているだろう。初めてのセッ――」

容赦なく、親父の額を叩いた。

「いって！　なにするんだ！」

「ちげえよ！　全然ちげえよ！　せっかく人が真剣に話しているのにふざけんなよ！」

「ふざけてなんかないぞ、俺はきわめて真面目にお前のためを思ってだな」

「ああ、もう！　そういうことじゃないんだよ！」

騒ぎすぎたせいか、廊下から「うるさい！」とクレームが来た。

俺は、声のボリュームを落として言う。

「……親父の勘違いだ。曖昧な言い方をした俺にも問題があった。そこは認める。だけど、そんな卑猥《ひわい》な話で悩んでいるわけじゃない」

「え？　そうなの？」

きょとんとしている。呆《あき》れるしかなかった。

「じゃ、なにで悩んでるんだ？」

「さっきも言っただろ。なにも話すことはできないんだ。ナイーブな内容だから」

「やっぱり、セッ――」

「そこからいったん離れろ！　それしか頭にないのか！」

またも、「うるさい！」というクレーム。おまえの声もうるさいぞと言いたかった。

息を荒げていると、親父が困ったように首を傾《かし》げた。

「とりあえず、なにかすごく大きなことで悩んでいるらしいってのはわかった。俺に話せないってことも、なんとなく理解したつもりだ。おまえのことだから、必要以上に考え込んでしまってるんだろうけど、それなら、俺にできることはなにもないな」

「うん。これは、俺の問題でもあるから。俺が解決しないといけない」

そのとき、親父はひどく悲しそうな顔をした。

置いて行かれた子供のような、あるいは、なにか大事なものをつかみそこねたような、そんな表情だった。自分がなにかとんでもない失言をしてしまったみたいな心地に襲われて、慌てるように言い繕った。

「あ、いや。だからさ、ほんとに、親父のことを頼りにしていないわけじゃなくて。俺だけの問題でもなくて。かといって、背負いすぎてるなんてつもりも全然なくて」

たどたどしくなってしまう。俺はいつもそうだ。いつだって、自分の気持ちを正確に表現することができない。

「ただ、俺がどうしたいか、どうしないといけないかっていうことなんだ、うん。親父に解決できないと考えてるわけでもなくて、ええっと、なんて言ったらいいんだろ……」

親父は、黙って俺の話を聞いていた。

こんなときに、自分のことをうまく話せるようになれば、また変わってくるんだろうか。心のなかは一言で表せるようなものばかりじゃない。だから、どの言葉を当てはめようとしてもうまくいかずに、宙を滑ってしまうことがある。

まさしく、今がそんな感じだった。

「……」

あきらめて口を閉ざしたところで、今度は親父が口を開いた。

「ま、いいさ。直哉だって、悩みたくて悩んでるんじゃないだろうからな」

肩をすくめる。あまり突っ込んではこないようで安心した。

「実はさ、ここに来たのは、それだけが理由じゃないんだ。これを見てくれ」

と、親父は、パジャマの背中側から、ズボンに挟んでいただろうなにかを取り出した。

それは、一枚の紙だった。

「じゃじゃーん。実は、今日、キャンセルで空きがあった温泉旅館に予約を入れました！」

「え？」

あまりにも突然の出来事にしばし呆然《ぼうぜん》としてしまった。

温泉旅館？　予約？　え？　なにそれ？　全然そんな話は聞いていない。

「ちなみに、今からキャンセルしても全額払わなければなりません！　なので、もうこれは行くしかないのだ」

「待った。ちょっと待った。そもそもなんで急に？」

「直哉、どこか出かけたそうにしてたじゃん。それくらいはお見通しだぞ」

確かに、親父の言うように冬休みをこのまま終わらせたくはなかった。

初詣に行くことを断られてしまったから、諦めかけていたが、今、このタイミングで？

「……ちなみに、それ、いつ行くことになってるの？」

「明日」

「明日⁉」

「空いているのがちょうどそこだったからな。キャンセルが発生しないか、しばし見張ってたんだが、うまい具合に見つけられたんだ。ほめていいぞ」

「いや、いきなりすぎて、頭がついていかないんだが……」

全然、準備もしていない。親父の持っている紙には、予約情報の詳細が印刷されていた。

いつのまにかインクも購入していたらしい。

「マジで？　マジで行くの？　てか場所どこ？　静岡？　一泊？」

頭のなかが？マークでいっぱいになる。ちなみに、金額を見てみると思ったよりも高い。

一人当たり一万円以上するような旅館だった。露天風呂があるらしい。

「直哉も家事ばかりで疲れただろう。紗香には断られたから、二名分しか予約していない。仕事は6日からだし、そこの心配もいらないぞ。さあ、男二人で温泉につかって、のんびりしようじゃないか」

親父《おやじ》ののんきな声を聞いている間に、俺は、明日すべきことに必死に思いめぐらせた。

チェックインの時間が14時くらいだから、いったいいつ家を出ればいいんだろう。聞いたことのない駅だが、新幹線を使ったほうがいいだろうか。それとも、在来線を乗り継いだほうがいいだろうか。向こうにはなにが常備してあるんだ？　食事はどこでとろう……。

ごちゃごちゃ考えていると、親父《おやじ》が白い歯を見せて笑った。

「どうだ、俺のサプライズは。元気出たか？」

俺の頬《ほお》がひきつっているのがわかる。この親父、いきなりなんてことしやがった。

4

……本当に来てしまった。

抵抗する間もなく、気づいたら来てしまった。

「いや、なかなか趣があるところじゃないか。昔ながらというか、情緒がある」

親父は、げらげら笑いながら、予約していた旅館の前に立つ。駅から歩いて15分程度。大通りから外れた場所にあるから、かなりわかりづらかった。事前に調べた情報によると、観光客よりも地元の人間に愛用されているらしい。

古くからの日本家屋を改築したと思《おぼ》しき外観。あまり大きな旅館ではないが、建物を取り囲む草木は丁寧に手入れされている。そして、反対側に露天風呂があるのだろう。

「旅館の定員数の割りに、露天風呂は大きそうだったから、時間によっては貸し切り状態になるかもしれないぞ」

「親父と二人きりはしんどいな……」

「おい！」

最寄り駅に着いたのは、チェックインの1時間くらい前だったが、周囲を散歩したり、買い物をしたりした結果、時間がだいぶ迫ってきている。俺と親父は、開け放たれた数寄屋門を抜けて、建物の中に入り込んだ。

親父がチェックインを済ませている間に、旅館の案内図を眺める。露天風呂は二種類あって、定期的に男湯・女湯が入れ替わるみたいだ。基本的に部屋のなかで食事をとる形式だから、食事処は見当たらない。

「2階だってさ。荷物置いたら、遅い昼飯でも食べるか」

「うん」

某夏休みゲームに出てきそうな狭くて急な階段を上り、一番手前の部屋が俺たちに割り当てられたところだった。「梅の間」と名付けられている。

部屋は思ったよりも広い。中央に置かれた漆塗のテーブルのうえに茶筒や急須が置かれていた。すでに暖房を効かせてくれていたようで、十分に暖かい。

「夜は、ここまで運んできてくれる。19時にしといたけど、いいか？」

「いいんじゃない？　どうせやることもあんまりないし」

「そうそう。のんびりするためにここまで来たからな。だらだらしていればいいんだよ」

実は、ここに来るときに親父に厳命されていたことがある。それは、勉強道具を一切持ってくるなということだった。もしも、親父にそう言われていなければ、確実に一日分の勉強に必要なものをリュックサックにしまいこんでいただろう。

――のんびり、か。

久しぶりだった。なんにもしなくていい状態になるなんて、ここ最近ずっとなかった。家事にしろ、勉強にしろ、毎日欠かすことはなかった。

こんなことをしてていいのか、という気持ちがないわけじゃない。ずっと悩んでいることに未《いま》だ答えは出ていないままだ。江南さんの体調も心配だし、あのまま別れてしまったこともずっと尾を引いていた。

「……直哉。ごちゃごちゃ考えるな」

特に美しくない窓の外を眺めているときに、親父にそう言われた。

「せっかくここまで来たんだから、楽しんだりくつろいだりすることだけに精を出せ」

「もとよりそのつもり」

「残念ながら、おまえはすぐ顔に出る。だからすぐわかる」

言い返せなかった。とはいえ、なにも考えないのは難しい。考えないようにすること自体が考えていることと同義だから、簡単に切り離すことができない。

コンビニで買った飲み物を冷蔵庫に入れてから、俺と親父は旅館を出た。スマホで調べると、近くにうまい海鮮丼の店があるようだった。ピークを過ぎていたから思ったよりもすんなり座ることができ、評判通りのうまい海鮮丼を味わうことができた。

たらふく食べたあとに、親父が言った。

「まだまだ時間あるし、俺に付き合え。直哉」

「え？」

ずっと、振り回されっぱなしだった。

昨日からそうだ。温泉に行くことを決めて、問答無用で俺を連れてきた。躊躇《ちゅうちょ》している暇さえもなかったから、未だに心がついてきていない。

そんな俺の心境を知ってか知らずか、なぜか俺を打ちっぱなしに同行させる。ゴルフなんかやったことがないので、見よう見まねでゴルフクラブを握った。ちゃんとボールを見て振っているつもりだけど、全然ボールが上がらなくて、親父にめちゃくちゃバカにされた。

「まだ、直哉に勝てるものが残ってた……！」

調子に乗っているのが憎たらしくて、むきになってしまう。が、すべてのボールを打ち終わるまで、親父を見返すようなショットを打つことはできなかった。

「社会人になったら、ゴルフはできるようになっておいたほうがいいかもな。会社によっては全然やらないらしいから、おまえの判断に任せるけど」

ちなみに、親父のゴルフの腕前はすごかった。当たったボールが気持ちいい音を立てて、一番奥のネットの高い位置に当たる。近くにいる人も、たまに感心していたくらいだった。

「ま、どう頑張っても俺には勝てないだろうがな」

そんな憎まれ口を叩《たた》いたあと、次に俺をダーツカフェへと引っ張っていく。ダーツをやったことはあったけれど、親父とやるのは初めてだった。

「ルールは知ってるか？」

うなずく。まずは01から。表示された点数を、ぴったり0にしたほうが勝ちというルールだ。自信満々で連れてきたくせに、ダーツはあまり得意じゃないようで、ブルを狙いながらも全然命中できていなかった。

「さぁ、お手並み拝見といこうか」

ゴルフで勝ったから、こっちでも勝てると高を括《くく》っているのだろうか。俺は慎重に狙いを定めて矢を投げる。一投目は当たらなかったが、二投目で見事ブルに的中させた。

「嘘《うそ》だろ！」

親父から余裕がなくなる。そのあとも親父はブルを外してばかりで、俺との点差は開く一方だった。だが、このルールの場合、点差がいくらあろうが最後を決めることができなければなんの意味もない。残りが24ポイントになり、一投で決められるという段において、すぐに終わらせることはできなかった。

俺がもたもたしている間に、親父が追い上げてくる。

「おいおい、どうした？　このまま勝ってしまうぞ」

しかし、そんなふうに言われた直後。俺は無事に点数を0にすることができた。

「これだけ手間取ってたのに勝てないなんて、そっちのほうが問題じゃないか？」

「くっ、もう一回やるぞ」

そこから三回くらいやっただろうか。最終的な勝敗は、3勝1敗。打ちっぱなしでバカにされた分、見返すことに成功した。

久々に無心で遊んだ。親父と二人きりで出かけること自体が希少だったし、初めて来た場所で子供みたいに競うなんてこと、何年ぶりだろうか。あえて、親父は俺を挑発するようなことをして、本気を出させようとしてきた。

いつのまにか俺もそれに乗っかり、悩んでいること、やらなければならないことを忘れていた。わかっていた。親父は、俺を元気づけるために、あえてぐちぐち考えられない状況にまで持っていったのだ。

だからといって、現実が変わるわけじゃない。

遊び終わり、旅館に戻ったときに、また現実に引き戻される。

親父に気遣われたからこそ、自分のダメさ加減を再認識する。もっと俺がしっかりしていれば、誰にも心配をかけることなく、解決することができたはずだ。

しかし、ここにいるのは、意味のないことに懊悩《おうのう》するだけのちっぽけな男。

どれだけ自分を根源から引き剥がそうとしても、逃れることができず、どす黒いものに飲み込まれてしまう。過去を変えられなくても、たられればを考える。自分にできることがないとしても、あきらめられない。

「……」

夕暮れから、夜へと変わっていく逢魔《おうま》が時《とき》。旅館の入り口は、ほのかに黄味《きみ》を帯びた電球に照らされている。足元から伸びる影が、飛び石の角に触れていた。

「部屋に戻って、バスタオルと着替えとったら、風呂行こう」

親父が、肩を叩く。俺は黙ってそれにうなずいた。

＊＊＊

脱衣所から浴室に入った瞬間に、ちゃぽん、という音が聞こえる。先客が一人だけいて、タオルで全身を泡立てていた。内風呂と露天風呂の二つがあり、その間には引き戸が設置されていた。

俺も親父も、無言のまま、別々の場所で体を洗いはじめる。シャンプーやボディソープまでは持ってこなかった。備えつけのものをそのまま使用する。

親父のほうが先に洗い終えて、内風呂にどっぷりとつかった。こういうときに遠慮するタイプではないため、水が大量にあふれ出してくる。内風呂には、先客のおっさんが対角線上に座っていた。

栓をひねって、水を止めた。

ハンドタオルを持って、親父に声をかける。

「俺、露天のほう行くわ」

「はいよ」

どうせ、あとで親父も来るだろう。

引き戸を開けると、全身が冷気に襲われる。

冬。外気は、温泉の湯気に負けることなく、冷え込んでいる。両腕で胸の前を隠すようにして露天風呂に近づいて、足からゆっくりと湯に体を沈めていった。

ちょうどいい湯加減に体の筋肉がほぐされる。肩までつかり、風呂を囲う岩に背中を預ける。足を伸ばすと、湯のなかの自分の体が揺らめいて見えた。

露天風呂の大きさはそれなりで、同時に五人くらいまでなら入れそうだった。露天風呂に先客はいないから、自分一人で独占することができている。

岩を加工して作られた湯口から、どんどん温泉が流れ込む。露天風呂の周囲には、竹がいくつも直立し、そのわきの立て看板に「虫に注意」と書かれてあった。木でできた遮蔽物によって、空が四角く切り取られている。

「ふぅ……」

タオルを湯船の外に置いて、大きく伸びをする。

贅沢《ぜいたく》な時間だ。いつもであれば、この時間に晩ご飯を作っている。紗香は大丈夫だろうか。外食する許可は与えているし、友達と一緒にいる予定だと聞いていたので、特に問題はないと思うが、心配ではある。

19時から夕食だが、その時間まではあと30分くらいある。このまま、ゆったりとお湯につかってその時間を待つことができそうだ。濡《ぬ》れた髪を後ろに寄せて、全身から力を抜いた。

結構、俺も疲れてたのかな……。

そんなことを思ったのは、なにをするでもなく、ぼーっと温泉に入っていたら、徐々に眠気が出てきたからだった。親父《おやじ》の言っていた「のんびり」とはまさにこのことだろう。

しかも、風呂を出て、飯を食ってからも、特にやるべきことがない。寝るまでの時間、自由に過ごせばいいということが、俺にはとても懐かしく感じられた。

──一応、感謝しなきゃな……。

内風呂にいる親父は、俺と同じように「のんびり」している。あんまり長風呂になるとのぼせてしまうだろうから、適度なところで注意しなくてはいけない。


それから少しして、露天風呂と内風呂を分ける引き戸が開かれた。

タオルを肩にかけた親父が前を隠しもせずに入ってくる。あんまり視界に収めないようにしながら、少しだけ横にずれた。

「げ、ここ虫出るのか」

立て看板を見たらしい。とはいえ、まだいなそうなので止まることなく体を沈めた。

「親子でこんな露天風呂独占できるなんて最高だ。直哉もそう思うだろ？」

「まぁ……」

やっぱり親父を前にしてしまうと、感謝の言葉が出てこなくなる。もうちょっとそんな雰囲気を作ってくれれば、と思うが、親父には無理な相談だ。

「こうやって、裸同士で男二人というのは、いつ以来だ？」

「そんなん知るか。大してありがたみもないよ」

「しばらく見ないうちに、いろいろ成長しているもんだなぁ……」

明らかに俺の股間を凝視しているので、膝を抱えて隠す。

「やめろっての。俺、あっち行くぞ」

「待て待て」

立ち上がる素振りをすると、親父が慌てて引き留めた。出て行くつもりはなかったので、そのまま腰を落とす。

「言っておくが、俺だって照れ臭いんだぞ。今さらこんなふうに二人で旅行して、露天風呂で肩を並べているわけだからな。でも、おまえが高校卒業して、大学行って、就職して、ということを考えたら、あんまりもうこういう機会もないと思ってな」

「しんみりしたこと言うじゃないか。親父にしては珍しい」

「あるんだって。俺にもそういうところはあるの！」

だったら、いちいちまぜっかえすのをやめてもらいたい。

「いつものことながら、直哉がまた考え込んでいるようだったからな。少しは忘れてもらいたかったんだ。俺にできることはそれくらいのもんだ」

「そこは、感謝してる……」

と、親父の目が、信じられないものを見たような目に変わった。

「おお、直哉が、俺に対して感謝という言葉を……」

「あんまり大げさにしないでほしいけど、親父の気遣いが理解できないほど子供じゃない。あんなタイミングで旅館をとるのは難しかっただろうし」

「運が良かっただけだ。ギャンブルでも、こんなふうに運が回ってきたらと思うくらいだ」

「……ありがとう」

「ったく」

髪の毛をぐしゃぐしゃされる。普段であればすぐに手をはねのけるところだが、今日ばかりはそうする気になれなかった。

「子供は親に心配させるもんだ。そんなことでいちいちうろたえるほど人生経験が短いわけじゃない。言えないなら言えないでいい。だけど、もっと肩の力を抜け。こういうことくらいならいつだってやってやる」

くそ、かっこいいこと言うじゃないか。

自分という存在の矮小《わいしょう》さ。どれだけ大人ぶろうとしても、どれだけなりふり構わず生きようとしても、その奥にいる自分は、ずっと前から知っている自分だった。

暗闇のなかで膝を抱えている。腫らした目を伏せて、もう戻れない過去を悔やんで、時が過ぎるのを延々と待つだけの子供だった。そんな自分が、未《いま》だに自分のなかに眠っていることに驚いている。

「……話すこと、なにもないか？」

優しい声が、頭上から降ってくる。

同じことが過去にもあった。人は驚くくらい、同じ過ちを繰り返す。

俺は、ぽつりと言った。

「……あくまで、これは俺の話だ」

乱れた髪の毛の先から、水滴が一つずつ落ちていく。

「最近、仲良くなった人がいた。俺は、その人と他の人を区別していなかった。他の友達みたいに、普通に話をして、普通に接するだけ。だけど、ある日、自分の知らないところで、傷つけてしまったことを知ってしまったんだ」

ぼそりぼそり。もしも、ここが雑踏であれば、間違いなく聞こえないほどの声量。

自分にとっては、それが限界だった。

「謝るとか謝らないとか、そういう次元の話でもない。傷つけはしたが、それでも俺が悪いことをしたわけじゃない。そのうえで、俺になにができるか。いくら考えても、そんなものは存在しないんだ」

右掌《みぎてのひら》で、水をすくう。

江南さんが、その背中に背負うものにつぶされていくのを見ているしかない。

だって、あの人は……。

「なにも教えないんだ」

12月の初め。どうしたの？　と振り返った江南さんの姿が蘇《よみがえ》った。

「誰にも、肝心なことを口にしない。一人残らず、誰に対しても。こんなに、悔しいのに、こんなにも、苦しいのに、絶対に表に出してくれないんだ」

右掌にのった水を、ギュッと握りしめた。すると、水はすぐ零《こぼ》れ落ちてしまう。

「俺は、このぐちゃぐちゃになった感情を、どこにぶつければいいんだ？　すべてをまるっと解決できるほど、強い力もない。寄り添って、支えるほどの覚悟もない。ただ、知ってしまったことに痛みを覚えるだけだ。そんな自分が、情けなくて、仕方がないんだ」

やっぱり、だ。

うまく表現できない。こんな言葉で、親父に伝わるわけがない。

なるべく、江南さんの事情には触れず、俺の問題として。でも、話しても話しても、クリティカルなところに届かせることができずにいた。

一度口をつぐみ、霧のように頭のなかを漂うもやもやに意識を集めてみる。

俺は、なんでこんなに悩んでいるのか。

なんでこんなにも、痛みを覚えるのか。

はたして、その実態はなんなのだろうか——。

「きっと俺は……」

複数の言葉が、生まれては消えていった。

ひとつひとつ、慎重に手繰り寄せていく。

あの紙の切れ端を見つけたとき。それから、西川から江南さんの思いを聞いたとき。俺は、いったいどんなことに痛みを覚えただろうか。するりするりと、思考の束が俺の内側を深く潜りこんでいく。かきわけ、その奥に秘められているだろうなにかに向かって、少しずつ、這《は》うように近づいていく。親父がそばにいて、受け止めてもらえる。それだけで、勇気を抱くことのできた自分がいた。無意識のうちに、俺は、自分のなかにあるそれを、その存在があることを恐れていたのかもしれなかった。

「……知りたかった」

あれだけ言葉を重ねたにもかかわらず、その言葉を出した瞬間にもやもやがどこかへと掃けていくのが感じられた。

もう一度繰り返す。

「ちゃんと、知りたかった。その人の口から、話してもらいたかった。友達として、あるいは一クラスメイトとしてでもいい。信頼なんて大げさなものじゃなくても、友情と言えるほど暑苦しいものじゃなくてもいい。傷つけてしまうほどのことがあってから、ようやく知るんじゃなくて、その人の前にある壁を打ち破っていけるほど、その人とちゃんとした関係を築きたかったんだ。なのに、現実では、俺を受け入れなかった。俺はなによりも、そこに悔しさを覚えたんだ」

向き合ってしまえば、こんなに単純なことはなかった。

江南さんが一人で雨のなかを歩んでいたとき、どうして、俺はすぐに追いかけたんだろう。

それは、知りたかったからだ。

なんで、そんなふうに辛《つら》そうにして、逃げ出してしまうのか、知りたかったからだ。

知って、共有して、力になりたかった。

たとえ、おこがましい考えだとしても、放っておくことはできなかった。

江南さんは、もうすでに、自分にとっては壁の内側にいる存在なのだ。

「……それだけの、ことなんだ……」

熱に浮かされたように、納得感が俺を包んでいる。

江南さんと出会い、すでに数か月が経過した。

むかつくこともあったけれど、話をして、肩を並べて授業を受けて、食事を一緒にとったりしているうちに、江南さんは自分にとって重要な友人となった。

そして、重要な友人である江南さんにとっても、欠かすことのできない1ピースになりたかった。

　黙って、傷つくなんてことをしてほしくなかった。

　温泉の水面から放たれた湯気が、すぐに夜闇に紛れていく。

　今日は月が出ていない。周囲を照らすのは、屋根の先端につるされた電球の明かりだけ。澄んだ夜空には、それでも星が見えなかった。

　隣の親父が、「なるほど」とつぶやく。

　それから、なんてことはないように、俺に言った。


「その子と、おまえ、よく似ているな」


「え？」

　思わぬ方向からの斬り込みに、俺はつい唖然《あぜん》としてしまう。

「だってそうだろ。その子は、おまえにも話さず、一人で抱え込んでいた。そして、おまえもまた、そのことに悩み、一人で抱え込もうとしていた。一緒だ」

「あ……」

　親父の言う通りだ。親父からしてみれば、俺が江南さんに感じたようなことをひしひしと感じさせられていたのかもしれない。

「意外とさ、こういうのって、自分では気づかないもんなのさ」

「……うん」

「話してもらえないってのは、それだけで結構辛いものさ。だって、どうすることもできないわけだからな。どれだけその人のことを思いやり、考えたとしても、相手に伝えることもできず、悶々《もんもん》とするしかない」

「ごめん……」

俺が解決する、と宣言したときの親父《おやじ》の悲しげな顔が脳裏に浮かぶ。それから、紗香の不満そうなぼやきも。

俺たちはよく似ている。自分の表情や態度に感情が表れやすい。

「いいんだよ。おまえは十分立派だ。抱え込もうとするのは、誰かに迷惑をかけたくないという気持ちがあるからだ」

どうなんだろう。俺はそんな立派なものだろうか。

誰かに頼らないと解決できなかった。

かといって、自分から頼ることもできなかった。

親父に強引に引き出され、なんとか自分のなかに結論を見出《みいだ》せただけだ。

「一緒なんだ。おまえも、向こうも、同じなんだ。もしかしたら、おまえにしかできないことっていうのも、存在するんじゃないか？」

俺はうなずく。

江南さんと俺は似ている。それは、きっと前から考えていたことだ。

過去に抱えているものがあり、それに苦しみつづけている。そして、その苦しみを自分だけで引き受けて、どうすることもできずに立ち往生している。

自分の文脈のなかで、人を理解しても、それは本質をとらえたことにはならない。

だけど、触れ合うところがまったくないわけでもないだろう。そのときに、できることを最大限にする。今の俺にやれることはそれだけだ。

「ありがとう、親父」

「どういたしまして。ま、俺は大してなにもしてないがな」

いや、それでよかったのだ。

すべてを解決できるような、強い力を持ったヒーローなんて存在しない。でも、大したことじゃないと思えるものも、ある一人にとってはすごく重要なこともある。

もしかしたら、俺のやろうとしていることは余計なお世話なのかもしれない。江南さんはなにも求めていないし、なにも欲しがらない。自分の都合で俺や西川を困惑させながらも、孤独な道を歩もうとしている。

ただ、俺がそれを許したくないのだ。

難しいことなんて、そこにはなにもなかった。

「……」

やるしかない。たとえ、江南さんに迷惑がられようと、自分の意志として、それをやらずにすませることはできない。

一人で暗闇のなかを延々とさまようことがどれだけ苦しいかを知っている。

失敗しようがしまいが、なにもしないよりははるかにましだ。

俺は強く、そう決心したのだった。

5

一泊の旅行を終え、家に着くやいなや、俺は一通のメッセージを送った。

大楠《おおくす》　直哉：江南さん、どうしても話したいことがある。もし、体調が良くなっているのであれば、そっちに行く

既読はすぐにつかなかった。不安になり、もう一度送ろうかと思ったところで、江南さんからの返信が届いた。

梨沙：なに？

あまりにも突然で、江南さんも困惑しているのだろう。俺は、簡素に打ち返す。

大楠　直哉：西川から、いろいろ聞いたんだ

既読がついてからの反応が遅い。俺は、さらにメッセージを打つ。

大楠　直哉：勝手に聞いてしまったのは悪かった。でも、必要なことだった

また、既読。

そこから、1時間待っても2時間待っても、返信はなかった。夜が更け、次の日の朝に確認しても、江南さんからの連絡はない。

我慢するしかない。

メッセージはすでに送った。あとは、江南さんがその気になるのを待つのみだ。

一日、二日、三日と経過し、四日目になってようやく、俺のスマホが震えた。

梨沙：わかった

どれだけ、迷ったうえでその四文字を打ち込んだのだろう。

そのメッセージを受け取ったあと、つい固唾を飲んだ。どんな話になるか、自分自身でも想像がつかない。ただ、江南さんと俺にとって、避けては通れない道だと考えていた。

＊　＊　＊

——また、ここに来てしまった。

江南さんの住んでいるマンション前。駐車場に入ろうとする車をよけながら、江南さん

が下りてくるのを待っていた。午後4時。約束の時間。あの部屋の窓から、この位置を見ることができるはずだ。

待つこと3分程度。入り口から、江南さんが姿を現した。

「……わざわざどうも」

分厚いコートを身にまとっている。もう顔色は悪くなかった。

「体はよくなったみたいだな」

「おかげさまで。わたし、そこまで虚弱体質でもないから」

「それはよかった」

どうやら、ただの風邪だったみたいだ。話を聞くと、一日ですぐに治ったらしい。

「バイトはおさえて、しばらく安静にしてた。だから、あんたが心配することは、もうなにひとつとしてない」

「……」

「もういい？」

いいわけがない。江南さんは、わかったうえで話を切り上げようとしている。

「言っただろ」

俺は、コートのポケットに手を突っ込んで、江南さんに向き直った。

「ちゃんと話したい。そのために、わざわざここまで来たんだ。江南さんにとっては不本意かもしれないけど、俺はこのまま引き下がるわけにはいかないんだ」

「……そ」

たとえ、江南さんが逃げようとしても、食らいついてやる。その結果、こじれてしまったのであれば、それはそれとして受け入れなければならない。

「歩こうか」

俺が先に歩き始めると、江南さんも渋々ついてきた。

淡々と、足を進める。

江南さんの家は、学校の近くでもある。歩いていける距離に学校があるが、そちらに行くつもりは毛頭ない。

「……」

歩いている間、俺たちに会話はなかった。

アスファルトと靴底がぶつかりあう、足音が二つ。

江南さんも、俺も、よそ見もせず、決まりごとのようにまっすぐに。

並び合うことも、近づくこともなく、一定の距離を置いたまま、足を動かした。

5分くらいして、我慢しきれなくなったのか、江南さんが口を開いた。

「どこ行くの？」

足を止めた。

「さっきから、なんも言わずに、こんなことされても困る。それに、こっちは――」

「駅の方角だな」

そう、さっきから、俺は元来た道を戻っていた。

なにも言わなかったのはわざとだった。もしも、教えてしまったら、断られると考えていたからだ。実際、江南さんは難色を示している。

「なんで？」

すでに、駅まで100メートルほどのところまで進んでいる。近くの人通りは増えていき、街も活気にあふれるようになった。

雑踏に飲まれながら、俺は言った。

「教えない」

「……なにそれ」

「いつも、江南さんがやっていることだよ」

さすがに反論できない様子だ。こうやって、突拍子のない行動を起こして、理由を告げずにごまかそうとするのは江南さんの常套手段《じょうとうしゅだん》だ。

「それならそれで、最初からその目的地に呼び出せばよかったじゃん」

「江南さんの場合、断られる可能性があると思ったから、ちょっと強引な手段をとらせてもらった。その点については、申し訳なく思ってる」

反抗するのをあきらめたのか、江南さんはため息をつく。

「もういい。好きにして」

言われたままになるのは、江南さんにも罪悪感があったからだろう。今は、その罪悪感を利用させてもらう。電車に乗り、いつも降りている駅に降り立つと、江南さんがますます怪訝《けげん》そうな表情になった。

「ここ……」

「うん。俺の家の最寄り駅だけど？」

江南さんがここに来るのは初めてではない。少なくとも、俺と会うときに、二回はここで落ち合った。

そのときは、どちらももっとにぎやかなほうへと行ったが、今回はそうじゃない。カラオケやネカフェがあるほうを避けて、全然異なるほうに進んでいく。住宅街を抜けて、さらに奥、太い道路が走っていて、ぽつん、ぽつんと建物が建っているような場所に出た。

「なに、ここ」

江南さんの言葉には答えなかった。今度は、意趣返しではなく、心理的な問題で。

四車線の道路が縦横にぶつかる交差点。角にはさびれた店がいくつも並んでいて、そのほとんどのシャッターが下ろされていた。落書きや汚れの目立つ空間。空を遮るように、いくつもの電線が空を駆けている。

俺は、交差点の手前の電柱に差しかかったときに、立ち止まった。

電柱の下部には、わずかにその跡が残っていた。

目をそらしたくなる。この場所に来るのは、何回目だろうか。今はもう、なにごともなかったような雰囲気を醸し出している。けれど、知っている。俺には、あのときの光景がいつでも思い浮かぶ。

日が徐々に傾きはじめている。江南さんは、俺が動かないことを不思議がっていた。こんなになにもない場所を、目的地だと思っていないのだろう。

「ここに連れてきたかったんだ」

知らなければ、通り過ぎるだけの地点でしかない。

露天風呂で親父《おやじ》と話しながら、考えていた。どうすれば、江南さんに俺の話を聞いてもらえるか、真面目に検討していた。そもそも、江南さんの裏に秘めたものを知ってしまったのは、江南さんの意志によるところではない。だから、代わりに、俺もなにかを差し出さなければならない。そうしないと、同じ土俵で話をすることなんてできないんじゃないかと思ったのだ。だから、自分の身を差し出す覚悟で、俺はここまでやってきた。

まだ理解していない江南さんに俺は言った。

「ここで、母が死んだんだ」

重たく、冷たい響きが、骨伝導で強く伝わってきた。

驚きに目を見開く江南さん。ここに横たわる事実は、嘘偽《うそ》りのない本物だった。

「前に、江南さんが俺のことを調べたと言っていた。だから、どこまで知っているか疑問だったけど、場所までは知らなかったみたいだな」

「……あんた……」

さっきまで、不機嫌そうだった江南さんの表情を別の感情が支配していく。

「俺も都合がよかったんだ。自分のことを自分から話さないのは俺も一緒だ。だから、ちゃんと江南さんに、俺の口から説明しなくちゃいけなかった」

「だからって、そんな話……」

「もちろん、必要以上のことは話すつもりはない。でも、江南さんには、話しておきたいと思った」

「ちょっと待って」

急な展開に、江南さんが混乱している。そりゃそうだ。でも、俺はこの話をやめるつもりはない。

「……あんたって、ほんとに真面目すぎる……」

「そうか？」

「そう。普通は、そんなことしない。なのに……」

俺は俺だ。江南さんになにを言われても、それが俺のやりかたなんだ。

馬鹿正直だろうと、生真面目だろうと、俺にできることであれば、愚直にそれを実行するのみだ。とはいえ、俺だってこんな話を平常心でできるわけがない。月日が経《た》っても、俺にとっては世界がひっくり返るような出来事だった。

だから、俺の腕が震えている。足も震えている。情けない俺の本性を、江南さんの前にさらけ出している。

「全部、俺が悪かったんだ。ここで車に撥《は》ねられた母は、そのまま命を落とした。即死だと言われた。そこから、俺にとっての地獄の日々が始まったんだ」

鮮明に思い返すことができる。人間の記憶は、思い出したくない記憶ほど強く脳裏に焼きついてしまう。

「俺は、しばらく引きこもった。俺を責める人もいた。面と向かって、俺のせいだと糾弾する人だっていた。そして、なによりも自分自身こそがそう思っていたから、自分で自分を許すことができなかった」

自分の部屋で膝を抱えていた。なにをする気も起こらず、親父が運んでくる食事にも手がつかず、呼吸するのも億劫《おっくう》で、脳内で暴れまわる自責の念に心をぶち壊された。

「全部、全部。なにもかもが変わったんだ。取り返しのつかないことが起こるなんて初めてだった。やりなおすことができるものじゃなかった。死というのは不可逆で、決して蘇《よみがえ》らせることはできない。おかしくなるかと思った。どんなに必死に考えても、どんなに懸命に反省しても、現実は変わらないんだ。こんな恐ろしいことが、現実に起こったなんて信じられなかったんだ」

正直なところ、今でさえも受け入れきれない自分がいた。

けれど、いつのまにか母のいない生活が当たり前となった。料理をし、洗濯をし、家事をすべて引き受けながら、学業も人並み以上にこなす。辛《つら》くなるときも多かった。自分を奮いたたせて努力しつづけないと心が切れてしまうとも思った。

「立ち直るまで、1か月以上かかった。いや、1か月経って、学校に行くようになっても、立ち直ったなんて言い難《にく》いものだった。今ですら立ち直れているか怪しいところだ」

長広舌をふるう俺を、江南さんはただ見つめている。自分の話を終えた俺は、その切っ先を江南さんに向けた。

「メッセージで送ったように、俺は江南さんのことを西川から聞いた。でも実際、どこまで事実なのかはわからない。だから、訊《き》く。一人になろうとしている、というのは本当か？」

突きつけられた切っ先に、江南さんはたじろいでいる。容赦する気はなかった。

「……そうだとして、あんたになんの関係が？」

「関係ある。俺が、江南さんに、そういう生き方を選んでほしくない」

「……なに、言って……」

「江南さんは言ったよな、俺みたいになりたいって」

「……っ」

「実際の俺なんて、こんなものなんだ。やりなおしたんじゃない。立ち上がらざるをえなくて、必死こいて、生きてんだよ。そんなもんなんだよ」

なるべく江南さんの奥に訴えかけるように、強くそう言い放った。

「俺は強くない。弱い人間だ。だけど、こうやって新たに歩みだすことができたのは、周囲の人の支えがあったからだ。親父、妹の紗香。家族が俺を恨みもせずに支えてくれた」

一人で生きていけなかった。そして、今がある。

江南さんにもそのことを理解してもらいたかった。

「頼ってほしいんだ」

そして、今の俺のもっとも弱い部分を表に出した。

「俺は、江南さんのことを知って、もっともっと理解したいって思うようになったんだ。苦しんでるなら、助けたい。そう思ってるのに、江南さんがなにも教えてくれないことが、嫌で嫌で仕方がないんだ！」

本気だということが、伝わらなければ意味がない。

だから、この場所を選んだ。自分がもっとも恐れ、苦しんでいる元凶に立ち、自分の気持ちを正直に話すことを決めた。

あのとき、江南さんに初めて説教をしたとき、頭のなかが真っ白になった。

江南さんは、俺の表情や態度を見ている。これだけ、震えて、これだけ、必死になった俺を、どう受け止めるだろうか。

みっともないと忌避するかもしれない。情けない姿だとあきれ返るかもしれない。

だとしても、江南さんにもっとも強く訴えかけるにはそれしかないのだと結論づけた。

誰に対してもまともに会話をしなかった江南さんが、俺に興味を持ったときと同じように、今の俺の言葉が江南さんに届くことを期待した。

「だから――」

声まで震えてくる。懸命に喉の奥からしぼりだすように、言った。

「俺を、信じてほしい」

おそらく、江南さんをもっとも困惑させる言葉。

そうとわかっていて、俺は、その言葉を選んだ。

胸に手を当てて、江南さんの目をまっすぐに見つめる。

「難しいのはわかってる。それでも信じてほしいんだ」

「……信じる」

「そうだ。どうして、江南さんが俺と話すようになったのか……どうして、俺に興味を持つようになったのか……。そのもともとは、俺に信じることのできる兆しを見出《みいだ》したから
じゃないのか？」

「それ、は……」

動揺している。図星を突かれた証拠だろう。

「俺に、期待をしなくていい。なにも、求めようとしなくていい。ただ、俺を信じてくれればそれでいい。その気になったときに話して、楽になってくれたら、俺は満足だ」

「……」

「ダメ、か？」

江南さんは黙りこくっている。江南さんも俺と同じように、目をまっすぐ見つめ返してくる。その瞳をよぎるものがなんなのか、どういう感情なのか、俺には読み取れない。

それでも、これが、今の俺にできる精一杯。

いっぺんに話しきって、俺の体から緊張が抜けていく。

「……わたしは」

しばらく立ち尽くしていた江南さんが、ぽつりと言った。

寒いのか、それとは別の理由か、腕で体を抱くような格好になる。

自己満足、と言われたらそれまで。だって、江南さんの感情ではなく、俺の感情を優先して話をしている。

こんな人間の言葉なんて届かなくてもおかしくない。意味もなく感情をぶつけて、江南さんをひたすらに困惑させるだけで終わるということも考えられる。俺は、バカなことをしたんじゃないか。もしかしたら、江南さんをさらに苦しめるなんてことも……。

うつむき加減の江南さんの口から、つづきの言葉が漏れ聞こえてきた。


「あのときに話したこと、覚えてる？」


そのときだけ、迷子の女の子のような心許《こころもと》なさを身にまとっていた。

「屋上から降りて、あんたに興味を持った理由について話したときのこと」

「ああ……」

そのことか。俺はうなずいてみせた。

「わたしは、あんたの『過去』を知って、この人はそんな過去を経ても、自分のやるべきことをしっかり見つけて、一人で立ち上がることのできた強い人だと思っていた」

やっぱり、江南さんはそんな勘違いをしていたらしい。

けれど、それは現実の俺とは違う。

あくまで、江南さんの想像が生み出した架空の俺でしかない。

「あんたの『強さの理由』を知ることができれば、きっとわたしも、強くなれる。壊れてしまったものを修復して、まったく別の生き方ができるんじゃないかって考えていた。でも、それは違ったんだ……」

「そっか、そうだったのか……」

俺は、「壊れたもの」の正体が、あの写真立てで見た光景のことを指していると思っていた。でも、それもまた違う。確かに、壊れてしまったもののひとつかもしれないが、江南さんが直そうとしているものは、もっと単純だった。

「ずっと、わたしの心は、壊れたまま」

食いしばるように、予想通りの言葉を抑揚もなく告げてきた。

「でも、誰かに頼ることもできなかった。誰かに頼ることが、心を壊したものの最たる要因でもあったから」

きっと、江南さんの家族の間に起こった出来事が、江南さんを大きく変えてしまった。

壊れて、一人でどうすることもできなかったのに、人を信じることこそが江南さんを傷つけたものだったから、誰かにすがることもできなかった二律背反。

それが、江南さんを他人から遠ざけつづけていた。

「いつだって、どんなときだって、過去のことが蘇る。人は信じちゃいけないって、教えられる。そんなものは、跡形もなく、いつか消え去るもの。人に寄りかかっていた分だけ、心ごと引き裂かれて、痛い思いをする。そんな思いをするくらいなら、ずっと逃げつづけていたほうがマシだって……」

少しずつ、江南さんの心境が俺にもぶちまけられている。こんなにも淀《よど》んで、とげとげしいものを抱えて、生きていたのだ。

江南さんは、俺を見て、ちょっとだけ笑う。

「あんたみたいな、バカみたいに必死な人、初めて見た……」

だけど、そんな笑顔もすぐに瓦解してしまう。

徐々に感情を抑えきれなくなった江南さんは両手で顔を覆い隠した。

そして、言った。

「助けて……」

ようやく聞こえてきた悲鳴は、わずかに湿り気を帯びていた。

「誰か、助けて……」

つぶやきにも満たない小さな声は、それでもはっきりと俺の耳に届いていた。

周囲は暗くなっていき、道路を走る自動車のヘッドライトに照らされるようになる。どこからともなく聞こえてくる市内のチャイム。江南さんと俺の足元から伸びる影。

俺と江南さんは、しばらくの間、そこで立ち尽くしていた。

＊＊＊

「もう、日が沈んじゃってる……」

どれくらいの時間が経《た》っただろうか。江南さんの気持ちが落ち着くまで、ずっとどうすることもできずにいた。気を取り直した江南さんは、目元をぬぐったあとなにごともなかったように平然としていた。

「大丈夫か？」

「疲れた」

そりゃそうだろう。あんなに感情的になった江南さんを初めて見た。

肌寒さが増している。お腹《なか》もすいてきた。時間がかかることは想定済みだったが、江南さんに届かせることができずに終わってしまうことも考慮していた。

紗香と親父《おやじ》も腹をすかせて待っているだろう。

「あんたは、変わってるよね」

江南さんが、また笑った。

「あんたは、いつもそう。全部、全力なんだ。こんな人がいるなんて思いもしなかった」

「それは褒めてるの？」

「さぁ」

いつものようにはぐらかす。でも、今度ばかりは照れくささも混じっている気がした。

「こんな人の前で、人を信じられる信じられないって話すのがバカらしくなる」

もう、なんでもいいや。とにもかくにも目的を達することができた。

みっともない形だとしても、俺の言葉がちゃんと江南さんに届いた。まだ一歩進んだだけとはいえ、それでも大きな前進だ。

「あんた、言ってたよね。白鳥の話」

「ん？」

「水に浮くくらい必死になってたら、誰かが気づくって」

「ああ……そういえば」

「あんたの言う通りになった」

「……うん」

江南さんの家に入り、あのちぎれた紙の切れ端を見なければ、気づくことはなかったかもしれない。でも、江南さんから与えられるヒントはたくさんあった。早かれ遅かれ、どこかで同じように悩んでいた可能性も高い。

「初めから、無理だったんだろうね」

自嘲するように、江南さんは言った。

「それしかないと思い込んでたけど、そっちのほうが無理だった」

「実は、俺も同じようなことを言われたんだよね。親父に、諭された」

ここに至るまでの経緯を簡単に伝える。と、江南さんは意外そうな顔をした。

「あの、結構痛い感じの……？」

「忘れてあげてほしい。俺も再三言ってるんだが、治らないんだ。それ以外はそこまで悪くない親父なんだ……」

「ふぅん……」

江南さんのリアクションは薄かったけれど、案の定、痛いと思われているようだ。こういうのは、女子高生に言われるのが一番効く。あとで親父に教えてやろう。

「江南さんにさんざん偉そうに語ったけど、俺も同じってこと。そんな痛い親父にすら心配されて、ぐだぐだ言われるくらいだ」

親父だけじゃない。紗香にも似たような反応をされた。

たぶん、自分では気づいていなかっただけで、「あーあ、いつものだ」と思われていたのだろう。残念ながら、人はそう簡単に成長しない。

街灯もぽつぽつと灯《とも》りはじめる。

まぶしそうに目を細めた江南さんが、俺のわきにそびえる電柱の前に立った。

電柱の下部が少しだけへこんでいることに、江南さんも気がついたはずだ。

「……ごめん」

そこになにを感じとったのだろうか。目を伏せて謝ってきた。

「あんたのトラウマまで使わせちゃって、ほんとにごめん。こんな生々しいところに、来たくなかったんじゃないかって」

「江南さんが気にすることじゃない」

あまり来ることがないとはいえ、まったく足を運ばないわけではない。花を添えることもあるし、単純に成り行きで来てしまうことだってある。

「自分の意志で、そうしたいからそうしただけだ。別に、ここに来たからってなにかが変わるわけじゃない。目をそらしてばかりもいられないから」

ここに俺の楔《くさび》がある。それを再確認しなくてはならないときもある。

「それに、忘れたくても忘れられるものじゃないけどな。過去は過去だ。どうしたって逃れることはできない」

「あの、さ」

おそるおそるという感じで、江南さんが俺を見上げてきた。なに？　と訊《き》くと江南さんはゆっくりとした口調で言った。

「――あんたは、昔、不良だったって聞いた」

目をつむる。過去のいろんなことが思い浮かぶ。

かつての親友。当時話していたこと。喧嘩《けんか》ばかりしていたこと。

ろくな思い出じゃない。

「それが？」

「不良だったあんたのせいで、あんたのお母さんが死んでしまったことも聞いた」

「うん」

「わたしが知ってるのは、それだけ」

実を言うと、江南さんに俺の過去を教えた人間にも心当たりがある。

そこまでだとしても、俺をそこまで理解しているのは、家族以外だとあいつくらいだ。

「勝手に知ってしまったのは、悪かったと思ってる。でも、それ以上のことを調べようと思ったことはないし、これからもあんたの口以外から聞くつもりはない。ただ、わたしが訊きたいのは……」

いったん区切ってからつづけた。

「あんたは大丈夫なの？」

その声はまっすぐに、俺に突き刺さった。

どうなんだろう。俺には江南さんと違って、頼れる家族がいる。親父・紗香。二人には心理的な面で支えられている。だから、俺が壊れそうになったとき、きっと受け止めてくれるという確信もある。

目を開く。

俺は言った。

「未来のことは、俺にもわからない。ただ、耐えられなくなるときもあるのかもな」

余裕ぶっているけれど、この場所に居つづけること自体は結構辛《つら》い。

人に頼るにしても、そこにも限界はある。

もっと自分で自分をセーブしなくちゃいけないのかもしれない。

「……」

俺の答えに納得したのかしていないのか、江南さんはくるりと回って、歩きはじめる。

「行こ」

江南さんがそう言う。

俺もつづく。ここに来たときとは逆に、江南さんのあとに俺がついていく形となった。家の方角ともまた違う場所だから、ここから駅の近くまでどのみち歩かなくてはいけない。途中で江南さんに追いついた俺は、横に並んで歩道を進んでいく。

ちら、と江南さんが俺の横顔を見る。

「どうした？」

「ちょっと待って」

江南さんは、ポケットのなかをまさぐり、スマホとワイヤレスイヤホンを取り出した。

スマホでなにやら操作している。画面をのぞき込むのも悪いので黙々と待っていると、
江南さんの操作が終わったらしく、イヤホンの一つを差し出してきた。

「ん？」

「音楽」

どうしたんだろう。なんで急に？

俺は渡されたイヤホンを左耳に装着した。

江南さんも同じように右耳につける。そして、まもなく音楽が再生された。

「あ……」

どこかで聴いたことのある音楽。

江南さんに以前聴かされたものじゃない。たぶん同じアーティストだけど、こっちはもっと有名な曲なんじゃないかと思った。

――そうだ。

答えにたどり着いた俺は、その江南さんの粋な計らいに笑い出しそうになった。

有名なイギリスのロックバンド、Oasis。

この曲は、某映画のエンディングとして採用された曲だ。
タイトルは、「Stop Crying Your Heart Out」
──ああ、なんだ。江南さんも聴くんだな。
俺は、イヤホンを手で押さえながら、その歌に耳を澄ませる。
いつ聴いてもいい曲だ。
イントロはピアノから。やがて、ボーカルの歌声が、優しく俺を包んでくれる。
実を言うと、俺もこの曲が好きだった。だから、自然と気分が曲に乗る。
「……」
二人で歩きながら、同じ曲に意識を傾ける。
サビに入り、ギターやベースの音も一緒に流れ込んでくる。
その歌詞は、俺に向かって語り掛けられているかのような。
一つ一つ、胸の奥に暖かみのあるものが広がっていく。
空には、相変わらず星の一つも見えない。
足元には、どこまでも道が延びている。
俺は、今この時をかみしめるように、ゆっくりと一歩ずつ足を踏みしめるのだった。

エピローグ

冬休みが終わり、3学期が始まった。

思い返せばあっという間だ。クリスマス、正月などのイベントが目白押しで、俺自身やらなければならないことが多かった。学校のあるときと比べて、一日が過ぎ去るのが早く、冬休みになる前のことを明確に思い返せるほどだ。

江南《えなみ》さんも俺も、なにごともなかったようにいつもどおりの生活を再開した。

表面上には、なんの変化もない。江南さんは江南さんで、真面目になってからの生活をなぞっているだけだし、俺も俺で勉強漬けの毎日を過ごしているだけだ。3学期が終われば3年生になるし、より一層勉強には手が抜けなくなった。

それでも、俺と江南さんに変化がないわけじゃない。たとえば、こんなことである。

＊＊＊

「大楠《おおくす》、おまえに相談してほんとによかったよ！」

「へ？」

３学期がスタートしてから数日。急に、城山《しろやま》先生にそう言われた。

「またまた、知らんぷりしやがって。江南と話をつけてくれたんだろ？」

「……あぁ、あのことですか」

ぶっちゃけ完全に忘れていた。というか、今考えても無茶《むちゃ》ぶりだな……。

「どういうことかは知らんが、ぽつりぽつりと話してくれるようになったんだ。最近は勉強がんばっていたし、やっぱり少しでもいい大学を目指しているってことらしい」

「へー」

「へー、って、他人事のようだな。どうせおまえも聞いてたんだろ。今後はアレだな。江南のことに関しては、西川《にしかわ》よりもおまえを頼ったほうがいいのかもな」

「……」

いつのまにか江南担当大臣みたいな扱いになってしまっている。これ以上先生に厄介ごとを持ち込まれたくないのに、むしろ案件が増えている。嘆かわしいことだった。

「先生、はっきり言わせてください」

やたらと目をキラキラさせている先生に、俺はため息混じりに宣言した。

「俺だって暇じゃないんです。俺のクラス委員という立場にかこつけて、いろいろ頼むのはもうこれっきりにしてもらえませんか？」

「ん？　そんなに頼みごとばかりしてたっけ？」

　──この人は……。

　残念ながら、城山先生にとって俺への頼みごとは呼吸と同等で、あまり意識してされていたことではないらしい。今後は、強硬に突っぱねてやろうと決めた。

「とにかく、おまえには感謝してるってことだ！　案外、おまえは教師に向いているんじゃないか？　いつでも相談に乗るからな」

　余計な言葉を残して、去っていく。

　城山先生みたいな人間がいるということを考えれば、教師になるなんて選択肢はない。どうせ貧乏くじを引かされるだけだ。

　来年は、絶対にクラス委員なぞやるものか。そう心に決めた俺は、自分の席に戻って次の授業の準備をはじめた。


　昼休みの食堂。

　俺と江南さんは向き合って座っている。花咲《はなさき》や西川はおらず、二人だけだった。

　もともと、四人で食べる予定だったのだけど、二人は運動部関連の呼び出しで来られなくなってしまった。俺は、二人掛けのテーブル席で弁当箱を広げている。

「ふぅん、こんななんだ」

そう言いながら、江南さんが俺の弁当のおかずをつまむ。どうやら、俺の料理の味が気になったらしく、少しちょうだいとお願いしてきたのだ。

江南さんの前にはメンチカツ定食があるが、俺の弁当箱のふたに乗せられたおかずを、ちょこちょこ口に運んでいる。

「こんなってなんだよ」

「別に。思ったよりも普通だなって」

「普通……」

否定できない。レパートリーは多いほうだと思うが、著しくうまいわけでもない。

「ディスってるわけじゃない。あの料理見て、もっとすごいものかと期待しすぎただけ」

「クリスマスだから、いつもより気合入れたんだよ。毎回あれだけ手の込んだものなんて作れないよ」

弁当に入っているおかずには、前日の余りもある。

江南さんもそこの事情は理解しているはずだ。それ以上は突っ込んでこなかった。

「あ、そうだ」

俺は言った。

「さっき先生に言われたよ。進路について、江南さんが話してくれるようになったから、ほんと助かるって」

きょとんとした表情。それから、江南さんは、ふふっと笑った。

「ああ、あれ。あんなの適当に話してるだけだけど」

「そうなの？」

「そ」

箸を手に取って、メンチカツの一切れを口に運ぶ。ここで終わりかと思ったところで、江南さんの口からつづきの言葉が聞こえてきた。

「まだ考えなくちゃいけないことがたくさんある。だから、すぐに結論を出すのはきっと難しい。少しずつ考えていくしかないかなって」

俺は、手を止めて、瞬《まばた》きを繰り返す。

この人が、自分の将来のことを、話した、だと……。

「なに？」

ジト目でにらまれる。それでも、俺にとっては大きなことだった。

「なんというか、江南さん……」

俺は、水を一口飲んでから言った。

「今日はえらく機嫌がいいんだな」

「は？」

「江南さんが真面目なこと言ってる」

どうやら、俺は余計なことを口走ったらしい。

さっきまでとはうってかわって、江南さんの顔が不機嫌そうな表情に変わる。それから、俺の弁当箱に入っていた唐揚げを勝手に持って行ってしまう。

「あぁ！」

「調子乗りすぎ」

時すでに遅く、盗《と》られた唐揚げは江南さんの口のなかだ。

それどころか、さらに奪おうとしてくるので、弁当を慌てて隠した。

「油断も隙もあったものじゃないな。別に、素直に頼めばあげてもよかったのに。そんなにお腹《なか》がすいてたんだ」

「うん、すいてた」

「くっ……！」

わざと怒らせようとしたのにかわされてしまう。なんだか妙に悔しかった。

いつもどおりの日々。いつもどおりの光景。

くだらない会話も、くだらない応酬も、互いが関わるなかで少しずつ変わっていく。

俺は、この現実を今日も生き抜かなければならない。

こんな日々を、あとで笑って思い返せるような未来にしたいと強く願いながら――。

あとがき

五輪も終わりましたが、皆様いかがお過ごしでしょうか。

向原三吉《むこうはらさんきち》です。

野球が好きなのですが、今回の五輪は非常に良かったですね。自分は、カープファンなのですが、カープの選手も活躍してくれてうれしかったです。

野球だけでなくて、卓球やソフトボール、サッカーなど見どころ満載の五輪でした。特にサッカーについては、メキシコに勝ったり、スペインといい勝負をしたりなど、驚きの連続で、卓球に至っては、男女ペアで中国を破るなんて本当に衝撃的です。

スポーツって改めてすごいなと思う反面、自分は一切運動をしなくなったことに危機感を覚えています。

もともとは、自分もいろいろやっていたのですが、運動をする気力がないというか、疲れているというか、運動不足の日々がつづいています。

体重も徐々に増加傾向にあるので本当にまずいです。体力が落ちてしまっているせいか、コロナワクチンの副反応もひどいものでした。少し走るだけで息が切れてしまうし、筋力もないし、そろそろなにかしなくちゃいけないなと思う今日この頃です。

ただ、最近のこの暑さはなんなんでしょう。

出勤するために歩くだけで辛《つら》いです。こんな炎天下で運動なんて無理です。部屋の冷房は常につけっぱなしだし、外で直射日光を浴びた瞬間にあらゆる気力が消えうせます（あとがきを書いている時点で8月）。

この猛暑のせいか、最近、あちこちで蟬《せみ》の死骸を見ます。もともとの寿命のせいということもあるかもしれませんが、この暑さは虫にとってもきついよなと思います。

でも、こんな情けないことをこぼす自分みたいな人種もいる一方で、五輪の間、この暑さにもかかわらず、選手たちは国を背負って、自分の最大限のパフォーマンスを発揮していたわけです。

スポーツ選手というのは、本当にすごいなと尊敬の念を抱きます。

……しかし、この暑さはいつまでつづくのでしょうか。

9月も暑いとして、おそらく10月くらいまでは涼しくなることはなさそうですね。ちょうどこの2巻が発売されるあたりです。気づけば、2021年もかなりの月日が経過して、2022年が近づいています。驚きを隠せません。このあとがきを読んでいる方の年齢はわかりませんが、年を重ねれば重ねるほど一年が速く感じられてなりません。こうやって人は老いていくんだなぁ……。

　この作品は、もともとウェブに掲載されていた作品なのですが、投稿したのは2019年8月のことです。なので、この作品との縁はもう2年ほどになります。

　投稿を始めたときは、まさか自分の作品が書籍化されるなんて、夢にも思っていませんでした。自分自身がライトノベルを読んでいるときに、作者の皆さんが「あとがきに書くことがない」と嘆いているのを見ましたが、まさか同じ気持ちを味わうことになるとは考えていませんでした。

　実を言うと、今回のあとがきは多めにページをいただいているので、どうしようか迷いながら書いている最中なのです。

　だらだら駄文を書いてしまって申し訳ありません。

　とりあえず、なにが言いたいかというと、読者の皆さんにはとても感謝しているということです。結局我々は読者の皆さんなしに生きることのできない存在です。辛口であれ、なんであれ、反応をいただけてとても励みになっています。1巻だけでなく、2巻まで手に取ってくれるなんて神様かなにかだと思ってます。

　どうか、この2巻が、少しでも多くの読者に訴えかけるものになっていればと祈るばかりです（ちなみに、当シリーズの略称は「よせなつ」に決まりましたので、気軽にそう呼んでいただけるとありがたいです）。

最後に謝辞を。

イラストレーターのいちかわはる様。素晴らしいイラストをありがとうございます。今回は特にカバーイラストが大好きです。

編集者のN様。いつも力添えいただきありがとうございます。お忙しいなか、必ず対応いただけてとてもありがたく思っています。

その他、この作品に携わってくれている方すべてに感謝申し上げます。

２０２１年8月　向原三吉

他人《ひと》を寄《よ》せつけない無愛想《ぶあいそう》な女子《じよし》に説教《せつきよう》したら、めちゃくちゃ懐《なつ》かれた2

著　向原三吉《むこうはらさんきち》

角川スニーカー文庫　22850

2021年10月1日　初版発行

発行者　青柳昌行

発　行　株式会社KADOKAWA
〒102-8177 東京都千代田区富士見2-13-3
電話　0570-002-301（ナビダイヤル）

印刷所　株式会社暁印刷
製本所　本間製本株式会社

●お問い合わせ
https://www.kadokawa.co.jp/（「お問い合わせ」へお進みください）
※内容によっては、お答えできない場合があります。
※サポートは日本国内のみとさせていただきます。
※Japanese text only

Printed in Japan　ISBN 978-4-04-111760-6　C0193

★ご意見、ご感想をお送りください★

〒102-8177 東京都千代田区富士見 2-13-3
株式会社KADOKAWA　角川スニーカー文庫編集部気付
「向原三吉」先生
「いちかわはる」先生

角川文庫発刊に際して

角　川　源　義

第二次世界大戦の敗北は、軍事力の敗北であった以上に、私たちの若い文化力の敗退であった。私たちの文化が戦争に対して如何に無力であり、単なるあだ花に過ぎなかったかを、私たちは身を以て体験し痛感した。西洋近代文化の摂取にとって、明治以後八十年の歳月は決して短かすぎたとは言えない。にもかかわらず、近代文化の伝統を確立し、自由な批判と柔軟な良識に富む文化層として自らを形成することに私たちは失敗して来た。そしてこれは、各層への文化の普及滲透を任務とする出版人の責任でもあった。

一九四五年以来、私たちは再び振出しに戻り、第一歩から踏み出すことを余儀なくされた。これは大きな不幸ではあるが、反面、これまでの混沌・未熟・歪曲の中にあった我が国の文化に秩序と確たる基礎を齎らすためには絶好の機会でもある。角川書店は、このような祖国の文化的危機にあたり、微力をも顧みず再建の礎石たるべき抱負と決意とをもって出発したが、ここに創立以来の念願を果すべく角川文庫を発刊する。これまで刊行されたあらゆる全集叢書文庫類の長所と短所とを検討し、古今東西の不朽の典籍を、良心的編集のもとに、廉価に、そして書架にふさわしい美本として、多くのひとびとに提供しようとする。しかし私たちは徒らに百科全書的な知識のジレッタントを作ることを目的とせず、あくまで祖国の文化に秩序と再建への道を示し、この文庫を角川書店の栄ある事業として、今後永久に継続発展せしめ、学芸と教養との殿堂として大成せんことを期したい。多くの読書子の愛情ある忠言と支持とによって、この希望と抱負とを完遂せしめられんことを願う。

一九四九年五月三日

時々ボソッと
ロシア語でデレる隣のアーリャさん
Милашка❤
story by sun sun san
illustration by momoco
燦々SUN
イラストももこ
ただし、彼女は俺が
ロシア語わかる
ことを知らない。
特設サイトはこちら!
スニーカー文庫

カノジョに浮気されていた俺が、
小悪魔な後輩に
懐《なつ》かれています
My coquettish junior attaches herself to me!
御宮ゆう
イラスト えーる
からかわないと、照れくさいから。
ちょっぴり 大人の青春ラブコメディ!
特設ページは▼コチラ!▼
しがない大学生である俺の家に、一個下の後輩・志乃原真由が遊びにくるようになった。大学でもなにかと俺に絡んでは、結局家まで押しかけて――普段はからかうのに、二人きりのとき見せるその顔は、ずるいだろ。
第4回
カクヨム
web小説コンテスト
《特別賞》
ラブコメ部門
スニーカー文庫

君の紡ぐ物語で
世界を変えよう。
第28回
スニーカー大賞
作品募集中!
大賞 300万円
+コミカライズ確約
金賞 100万円
銀賞 50万円
特別賞 10万円
締切必達!
前期締切
2022年3月末日
後期締切
2022年9月末日
詳細は・
ザスニWEBへ
https://kdq.jp/s-award
イラスト／左